LE VIEILLARD

ET

SES TROIS FILLES.

PIÈCE EN TROIS ACTES, EN PROSE.

PAR M. MERCIER.

A PARIS,

CERCLE SOCIAL, RUE DU THEATRE FRANÇOIS, N.° 4.

Imprimé par RESTIF-neveu, rue De-la-Bûcherie N.° 11.

1792.

L'AN QUATRIÈME DE LA LIBERTÉ.

PERSONNAGES.

LE VIEILLARD, M. De-Lamanon.

SARA,
JUDITH, } Filles de M. De-Lamanon.
CAROLINE,

LAURENCE, Mari de Sara.

CLAVERO, Mari de Judith.

JONES, Confident du Vieillard.

UN MAITRE - D'HOTEL de M. Laurence.

D'ANGELI, Bucheron,

DOMESTIQUES.

La Scène est au Premier Acte, dans la maison de M. Laurence; au Second dans la maison de M. Clavero; et au Troisième dans une Forêt.

AVERTISSEMENT.

Admirateur de Shakespeare, l'ayant considéré en 177.ᵉ, dans mon *Essai sur l'Art-dramatique*, non comme un Poëte-régulier, mais comme celui de la Nature, dont les formes pour être sauvages n'en font pas moins belles : Ayant recommandé à tous mes Confrères la lecture de ses Drames, comme une mine abondante en personnages variés, en idées fortes et vastes, en expressions éloquentes et vives ; comme la plus propre enfin, à échauffer nos timides conceptions, et á aggrandir le *parloir* de la Scène-française; je n'ai pu resister au desir d'accomoder à notre Théâtre la Piéce intitulée, *Le Roi Lear.*

Je me flatte que l'on retrouvera dans mon *Vieillard et ses trois Filles*, la vraie manière de Shakespeare; et cependant le plan et les détails m'appartiendront presqu'entiers. J'ai commencé par faire descendre du Trône le principal Personnage; car ce n'est pas comme *Roi* qu'il nous touche, qu'il nous attendrit dans le delire de sa douleur; c'est comme *Homme* ; c'est comme *Père :* J'ai mieux aimé offrir un Tableau moral, rapproché de nous, appliquable surtout à la vie domestique : Sous des couleurs théâtrales, il pourra servir de leçon aux Enfans ingrats ; et, sous ce nom, sont compris sans-doute tous ceux qui ont méconnu, oublié, ou-tragé leurs Bienfaiteurs. Puissent tous ces Mons-tres d'ingratitude, pour leur amendement, ou pour leur supplice, lire ou voir représenter cette Piéce attendrissante !.

M. Ducis a traité le même sujet ; il ne me convient pas d'en parler : Il a fait une *Tragédie*; et je n'ai point voulu faire une *Tragédie* : Que le Lecteur compare et juge.

LE VIEILLARD

ET SES TROIS FILLES.

PIÈCE EN TROIS ACTES, EN PROSE.

ACTE PREMIER.

PREMIÈRE SCÈNE.

JONES, *seul.*

O MON Maître! toi si honnête, et si malheureux!... Non! jamais la nature ne fit un homme aussi bon! Je n'ose lui révéler ce qui se passe ici. C'est un être bien nouveau, que celui dont la plus grande faute est d'avoir fait trop de bien..... Mais il ne voudra rien écouter, qu'il ne sente lui-même, et par l'événement, la vérité cruelle. C'est son excessive générosité qui a endurci le cœur de ses Filles, et c'est encore sur elles, hélas! que toujours aveugle, il fonde sa plus solide espérance. Tandis que l'indifférence la plus coupable l'environne, il croit à leur amour.... Hô! qui osera desormais être bon, quand... O jour fatal, où dans un abandon de tendresse rare, il a signé cette imprudente donation!

A

Hélas ! lorsque tout retentissoit autour de lui du bruit des concerts ; moi, je me suis retiré solitaire dans un misérable réduit, pour y pleurer là, tout-à-mon aise ; car dèslors je prévoyois que sa vertu, sa confiance, sa générosité seroient bien mal-recompensées..... Le voici ; oui, ce qui me fait le plus souffrir dans cette maison, c'est de ne pouvoir lui parler, comme je le voudrois.

II SCÊNE.
LE VIEILLARD, JONES.

LE VIEILLARD.

Toujours triste Jones ? Ne t'alarmes point : tu as beau dire ; j'ai soulagé ma vieillesse du poids importun et journalier des affaires, j'ai partagé mon bien en trois parts : Où pouvois-je mieux placer mon héritage, que dans les mains de mes Enfans ?... De mes chères Filles.

JONES.

Vos largesses.... Vous avez tout donné.

LE VIEILLARD.

Tout : mais au moindre signe, mes Filles feront de leurs biens, deux parts, et la meilleure, sois en sûr sera toujours pour moi.

JONES, *à part*.

Je n'ose le détromper. (*haut*) Jamais Père, on peut le dire, n'a tant aimé ses enfans : puisse leur reconnoissance ne point faire injure à votre liberalité.

LE VIEILLARD.

Oh ! mon ami ! rien n'est plus doux, pour un Père
que les services qu'il reçoit d'une Fille chérie. Les
Fils ont l'ame fière et le courage plus élevé ; mais les
Enfans d'un autre sexe ont les soins plus délicats et
les caresses plus affectueuses. Tiens, voici une lettre
de la seconde : peut-on rien voir de plus tendre ! Lis.

JONES, *lit.*

„ Je vous aime, mon Père, d'un amour que la
„ voix et les paroles ne peuvent rendre ; il est au-
„ dessus de toute expression : je ne trouve ma féli-
„ cité que dans un sentiment unique. Judith „.

LE VIEILLARD.

Et l'aînée chez qui je suis, ma Sara ? tu es le témoin journalier de tous ses transports à mon égard ?

JONES.

Je suis loin de vouloir diminuer vos félicités, vos
espérances... Puisse l'événement, ne pas tromper
vos sentimens ! et puissent sur-tout leurs cœurs être
d'accord avec leurs paroles !

LE VIEILLARD.

Voici bientôt le temps où je quitterai celle-ci, pour
aller visiter sa Sœur ; qui serait effectivement ja-
louse, très-jalouse ! si je retardois mon arrivée seulement d'une demi semaine... Je veux les contenter
toutes-deux : mais écoute, je n'irai point de si tôt
chés la Cadette.

JONES.

Et pourquoi, mon cher Maître ?

[8]

LE VIEILLARD.

Je ne sais : elle n'est point sensible comme ses Sœurs ; sa langue a toujours été si tardive à mani-fester sa tendresse !

JONES.

Elle sait peut-être aimer beaucoup, et se taire ; la vivacité du sentiment ne produisit jamais l'abus du langage.

LE VIEIELLARD.

Ecoute... aucun transport de joie à mon approche.... Tandis que ses Sœurs n'ont qu'une félicité dans le monde , celle de me voir.

JONES.

Son cœur sent peut-être plus d'amour que sa langue n'a de force pour l'exprimer.

LE VIEILLARD.

Qui n'a rien dans la bouche , n'a rien dans le cœur.

JONES.

Pas toujours, mon bon Maître.

LE VIEILLA.RD.

Elle est la plus jeune ; elle devroit être la plus tendre.

JONES.

Peut-être que sa timidité craintive l'empêche... et le respect qui la contraint.....

LE VIEILLARD.

Je demande à présent à mes Enfans, plus d'a-mour que de respect : le temps où il faudra que je

me contente de leurs respects , ne viendra que trop
tôt ! c'est-à-dire quand la nature donnera un autre
cours à leur tendresse...

JONES.

Mon bon Maître , je vous reponds , que votre
plus jeune Fille , n'est pas celle qui vous aime le
moins.

LE VIEILLARD.

Va , le repos de mes vieux jours ne sera jamais
dû à ses soins complaisans.... Ecoute : jamais son
œil ne me caresse : Son cœur sans-doute est vide
pour moi. Tout entier , à son Epoux... Je ne l'en
blâme point, mais....

JONES.

Ah! si elle a une vertu, elle n'aura point renoncé à
une autre ; les vertus se donnent la main... Si votre
Cadette , j'ose vous le redire , n'étoit pas si timide !

LE VIEILLARD.

Arrête: eh! qui peut mieux sentir cela qu'un
Père !.... Non te dis-je, elle n'a point le cœur
expansif de ses Sœurs.... Paix là - dessus.

JONES.

Je me tais.

LE VIEILLARD

Allons : dis que l'on m'apporte à déjeûner:
Pourquoi ce retard ? Cette négligence m'étonne !
Cours à l'office.

JONES.

Voilà trois fois que j'y vais... et....

LE VIEILLARD
Eh-bien ?... Tu hésites à me parler.

JOMES.
Eh-bien ! l'on m'oublieroit, si je n'étois importun.

LE VIEILLARD
Comment ?

JONES
Il faut que je les impatiente, pour en arracher quelqu'attention à vos besoins. S'il faut vous le dire, Monsieur, rien n'est prêt en ce moment. Enfin, je ne vous dissimulerai pas que l'on m'a maltraité hier, et encore aujourd'hui, de paroles....

LE VIEILLARD, *à demi courroucé.*
Toi ?... Parles-tu sérieusement ?

JONES.
Ce n'est pas même la dixième fois, que....

LE VIEILLARD.
J'y mettrai ordre. Fais monter le Maître-d'hôtel, et qu'il vienne ici sur-le-champ.... Te maltraiter de paroles !... toi ! (*Jones fort*).

III SCÈNE.
LE VIEILLARD, *seul.*
Oh ! ce sera quelque mal entendu ; quelques bevues, ou fautes de Domestiques. Voilà cependant plusieurs fois que mon service me manque, et qu'il se trouve retardé.... Nous allons voir....

IV SCÊNE₁

LE VIEILLARD, JONES, LE MAITRE-D'HOTEL.

LE VIEILLARD.

Pourquoi donc ne suis-je pas servi à l'heure, à l'heure précise que je dois l'être !... Repondez ?

LE MAITRE-D'HOTEL.

C'est que je ne puis pas également obéïr, Monsieur, à tous les ordres contraires, que l'on me donne dans cette maison-ci, et de tous côtés encore.....

LE VIEILLARD.

Les miens doivent être exécutés de préférence? Entendez-vous?... Et vous le savez bien, je pense.

LE MAITRE-D'HOTEL.

Monsieur, Monsieur, Madame commande aussi, et doit être servie avant tout; à ce que j'imagine : c'est ma Maîtresse, et vous ne serez pas assez injuste envers moi, pour me rendre responsable....

LE VIEILLARD.

Comment! me connois-tu? Ignores-tu ce que je suis ici?

LE MAITRE-D'HOTEL.

Ai-je donc deux Maîtres? Je l'ignorois : Moi, s'il faut vous le dire, j'obéis, et je dois obéir, de préférence à ceux qui me payent...... Je vous prie de ne le pas trouver mauvais, sur-tout en me brutalisant de cette manière. (*Il sort.*)

V SCÊNE.

LE VIEILLARD, JONES.

Le Vieillard.

Je demeure stupéfait !... Où cet homme a-t-il puisé cette insolence.... Il obéit, dit-il, à ceux qui le payent ? Eh ! n'ai-je pas tout payé d'avance, tout donné, prodigué à mes Enfans, chez qui je vis ?

Jones.

Hélas ! oui, tout... (*à part.*) Refuser à un homme de cet âge... oublier ses besoins, ses dons généreux ! Malheur au Père trop indulgent, qui s'est dépouillé !

Le Vieillard.

Ces dons, Jones, je te le répète, je n'en ai point de regrets ; car j'en éprouve une satisfaction profonde, intime. D'autres donnent après leur mort ; moi, j'ai donné de mon vivant... j'ai donné avec joie.... Les sensations paternelles qui transportèrent mon cœur, la soigneuse nature les cache, comme un trésor, à ceux auxquels elle n'a point accordé d'Enfans... Pourquoi pleures tu ?

Jones.

Hélas ! quand vous me l'avez ordonné, je me suis tû, et j'ai gémi en silence. Je suis peut-être sorti quelquefois des bornes du respect, en vous

exhortant

exhortant à tenir votre main plus rigoureusement fermée..... Quoiqu'il soit bien tard aujourd'hui de m'écouter ou de m'entendre, en voici pourtant le moment, ou jamais il ne viendra.

LE VIEILLARD.

Eh ! que me diras-tu ?

JONES.

Que tout est bien refroidi depuis le jour....

LE VIEILLARD.

Ne dis point cela ; ne dis jamais cela. Garde toi de penser que la tendresse où ma fortune puissent périr au milieu de mes Enfans. Va, j'aurais voulu pouvoir leur abandonner des Royaumes ; mais quand je le voudrai, d'un seul mot, entends-tu, d'un seul mot j'ouvrirai les fidèles réservoirs où mon amour a placé ses bienfaits ; là je retrouverai au double....

JONES.

La conscience et l'honneur le leur ordonneroient, sans-doute.

LE VIEILLARD.

Cesse, je t'en conjure ; ma confiance est pleine, entiere. J'ai des preuves de leur tendresse abandonnée et qui me sont particulières.

JONES.

La bonté croit que tout le monde est comme elle... mais je suis forcé de dire que les paroles sont des paroles ; que les action sont des actions.

Le Vieillard.

Achéve....

Jones.

Et que l'on ne fait pas ici un trop gracieux accueil à ceux qui sont attachés à votre service ; il y a longtemps enfin que l'on met dans tout ce qui vous regarde de l'indifférence, et pis encore....

Le Vieillard.

Tu m'étonnes, de plus en plus mon vieux Serviteur... prends garde de te tromper, d'être injuste....

Jones (*avec force*).

Non! L'on me fait aussi des affronts et l'on jouit lorsque j'y suis sensible.... Subordination domestique, bienséances, vous êtes anéanties, et vous êtes remplacées, le dirai-je, par des vices contraires.

Le Vieillard.

Tu m'effrayes ; et pourquoi me l'avoir caché ? j'aurois fait écarter tous ces Gens-là ; car mes Filles ne peuvent pas méconnoître....

Jones.

Vos Filles ! Eh! ne sont elles pas aujourd'hui en possesssion absolue de tout ce que vous aviez...

Le Vieillard.

De grâce, sois rassuré sur ce point qui te tourmente trop. Ma fortune quoique divisée, n'en reste pas moins entière. Ceux qui sont nés pour appartenir de si près à notre cœur, ne doivent-ils recevoir nos dons, que quand nos mains glacées ne pouvant plus retenir les biens de ce monde, les abandonnent forcément... Non! je n'ai jamais pu penser, ni agir ainsi.... J'ai semé dans des cœurs qui ne seront jamais fermés ni ingrats. Elles ignorent sûrement ce qui s'est passé. Va, va trouver ma Fille ; qu'elle se rende ici pour me parler. Tout s'appaisera bien vite, dès que je l'aurai vue. Oh ! j'existe trop profondément dans leurs âmes pour que la tiédeur... Va (*Jones sort*), et reviens...

VI SCÊNE.

LE VIEILLARD, *seul.*

Il y a quelque refroidissement : celle-ci a aussi son époux qui aura fait quelque diversion à sa tendresse ; je le conçois : mais, quand j'aime au point que j'aime, la nature n'est-elle pas la plus puissante, et faite pour triompher de tous ces foibles obstacles ?

VII SCÊNE.

LE VIEILLARD, JONES.

JONES.

Monsieur, Madame votre Fille m'a fait dire, qu'elle ne pouvoit venir, par ce qu'elle étoit indisposée.

LE VIEILLARD.

Et depuis quand ? Nous soupames hier en-

semble. Si elle n'est pas véritablement malade, dis-
lui que j'exige qu'elle vienne me parler ici, et sans
tarder ? que je l'exige ; entends-tu ? (*Jones sort*).

VIII SCÊNE.
LE VIEILLARD, *seul.*

Oh ! nous verrons ; nous entendrons sa jus-
tification... Il y a là-dedans quelque-chose qui
va s'éclaircir, et Jones sera témoin que tout cela finira par des embrassemens.... La voici... Je sa-
vois bien...

IX SCÈNE.
LE VIEILLARD, SARA, JONES.
SARA.

Je vous salue, mon Père... Mais est-il vrai ? on
me l'a dit du moins, que vous vous soyiez oublié jusqu'à menacer mon Maître-d'hôtel ? Vous,
sortir de la modération qui doit vous caractériser ;
et en sortir à ce point... Ah !...

LE VIEILLARD.

Tu le changeras, ton Maître-d'hôtel, et le plutôt
possible ; entends-tu ? il me déplaît.... Je t'en
préviens.

SARA.

Permettez, mon Père... Je vous avouerai que
je n'ai point lieu de me plaindre de lui ; que j'en
suis très-contente ! Vos Domestiques, j'ai trop

tardé à vous le dire... ils deviennent turbulens....
intolerables...

LE VIEILLARD.

En quoi donc ? ma Fille ?

SARA.

Mais ils sont-à-toute heure abusant de votre
nom, en rixes, en querelles ; rien ne les satisfait
ici, quoi qu'on fasse.

LE VIEILLARD.

Rien ne les satisfait ? quel étrange discours ! je
ne le suis guères non plus de mon côté, de tout ce
que j'entends, et c'est de votre faute, ma Fille !

SARA.

Moi ! mon Père ? oh ! quel injuste réproche ?
tandis que vous vous abandonnez à des humeurs
bizarres, qui depuis quelque - temps changent et
altèrent la bonté de votre caractère.

LE VIEILLARD.

Est-ce toi, qui parles ?...

SARA.

Interprétez, je vous prie, en bonne-part, et
mes fidèles avis, et mes représentations. Mais pour
quoi (permettez-le encore) pourquoi avoir ici des
Domestiques à vous ; les miens, si empressés, si
dociles, ne suffisent-ils donc pas ?... Or voilà votre
homme de confiance toujours grondeur ou fâcheux ; toujours exigeant, toujours lamentant :

[18]

puis les autres se modelent sur lui, et se croyent autorisés au desordre. Mon Père ! il seroit à-propos, pour rétablir promptement la paix dans la maison, de le subordonner entièrement, ainsi que vos autres Domestiques, qui tous rentreroient dans l'ordre et en même-temps.

LE VIEILLARD.

Quoi ! suis-je bien éveillé ! qui peut me dire ce que je suis ?

SARA.

Remettez-vous ! confiez-vous entièrement à nos soins assidus ; nous vous donneron des gens tranquilles, soumis, qui conviendront à tous vos besoins, ainsi qu'aux fantaisies de votre âge...

LE VIELLIARD.

C'est toi qui parles ainsi ! Dieu ! *(à Jones)* Qu'on me prépare des chevaux ! je pars. Ah ! je ne vous causerai point d'embarras davantage ! Je délivrerai votre maison de mes Domestiques importuns !... Va, il me reste encore une Fille... Le sais-tu ?... O ta Sœur !... je l'ai graces à Dieu !.... je l'ai.

SARA.

Ma Sœur, et vous l'apprendrez bientot, pense absolument comme moi à cet égard... Vous l'entendrez...

LE VIEILLARD.

Ta Sœur ! elle te réprimandera, et avec une juste sévérité, en apprenant.... Elle te deshéritera de son amitié, jusqu'à ce que.... Je demeure immobile!... Oh! malheur à l'homme, au Pere, qui se repent trop tard!... Oh! combien un enfant est hideux, quand il se montre sous tes traits!... *(à Jones.)* Viens, mon ami, viens; aide-moi à sortir d'ici?... J'ai besoin de fuir.... Comment ai-je pu éprouver de sa part.... Heure épouvantable !....

X SCÊNE.

LE VIEILLARD, SARA, LAURENCE.

SARA.

Monsieur, joignez-vous à moi, de grace! Voici mon Pere, qui veut nous quitter, par pur caprice, sans cause légitime... Il m'est impossible, quoique j'imagine, de s'avoir ce qui l'a tout-à-coup changé...

LAURENCE.

Modérez-vous, Monsieur! Permettez... Je ne suis point encore instruit du sujet qui vous à mis si fort en courroux; d'ailleurs il y a dans une maison des détails, si fort au-dessous de moi, que, vous conviendrez sans peine que je ne dois ni ne puis m'en mêler... Ainsi.... ces misères-là, appercevez les, comme moi, d'une hauteur...

LE VIEILLARD

Ces choses là, Monsieur; cela se peut; vous n'êtes point fait, comme vous le dites, pour les ap-percevoir: mais moi! ah! depuis une heure je ne sais plus, si j'existe...

LAURENCE.

Vous êtes difficile à vivre, depuis quelquetemps, Monsieur ! Ne vous en appercevez-vous point vous-même ? l'humeur de la vieillesse nous domine le plus souvent, à notre insçu, et, si je puis vous le dire, les gens de votre âge sont susceptibles d'idées extrêmes, ombrageuses ou d'apperçus faux, exagerés.

LE VIEILLARD.

Vous pouvez m'injurier, mon Gendre ; oh ! vous le pouvez, vous... je ne m'en plaindrai pas ; car je puis être rejetté, abandonné par un Gendre, et sans que je m'en plaigne : mais celle qu'il sembloit que rien ne pouvoit, ne devoit m'ôter, celle qui etoit à moi, et que tout lioit intérieurement à mon être, ainsi que tout me lioit à elle, apprenez...

SARA.

Mon Père !...

LE VIEILLARD.

Arrête ce mot, ta bouche le prononce, mais ton cœur ne le sent plus... et ne dis plus mon Père.....

SARA.

Vous vous emportez contre moi : vous me lancez des regards foudroyans ! et pourquoi ? parceque je vous propose de ployer à l'obéissance un Domestique rebelle, que vous préférez ici à tout le monde, et l'on ne sait pourquoi.

LE VIEILLARD.

Ah-Dieu ! je rougis de ma foiblesse et que

tu

tu ayes encore la puissance d'émouvoir à ce point mes entrailles ! Pourquoi faut-il que ces larmes m'échappent! Ah! je suis trop insensé, trop sensible, trop tendre... je cherche à me dompter...

S A R A.

Ne faut-il pas d'ailleurs que j'obéisse en tout, et de cœur et d'esprit, à l'Epoux qui a reçu ma main.... C'est mon premier devoir.... Vous en conviendrez?.....

L E V I E I L L A R D.

Je consens que l'Epoux qui t'a donné sa foi, emporte avec lui la moitié de la tendresse que tu avois pour moi ; mais il en reste assez, je crois, pour obéir au sentiment que la reconnoissance et que le devoir t'imposent.... Ah! quand ma seconde Fille, je te le repète, viendra à savoir ce procédé de ta part, elle te reniera pour sa Sœur, jusqu'à ce que le repentir t'ait changée.

S A R A.

Eh ! voilà comme vous me traitez? on a eu soin de vous chaque jour, et nonobstant nos attentions multipliées, vous vous plaignez incessamment! Tous nos Voisins serviront de témoins....

L E V I E I L L A R D.

Tu vas chercher des Temoins loin de ton cœur! Ciel! je lis sur vos visages....

L A U R E N C E.

Malgré tout l'attachement, le respect que j'ai

C

pour vous, Monsieur, et que votre âge me commande, je ne puis cependant être assez partial,
pour condamner ici mon Epouse... Je suis sûr de
sa douceur, de sa bonté inaltérable. Ah! c'est
une Femme unique, incomparable. Qui le sait,
qui doit le savoir mieux que moi. Elle a toutes
les vertus ; nulle part, je ne vois ses perfections...
Puis j'ai suivi, j'ai vu, de mes propres yeux, ce
dont il est question....

LE VIEILLARD.

Vous avez vu, vous avez suivi... Ainsi je me tais
devant vous... Allez, le trait est trop profond
pour que.... De grace, laissez-moi partir, et sans
me repondre ! Qui m'entend ici?... Eh ! qui pour-
roit m'entendre.... Non, toutes vos paroles seroient autant de coups de poignard.... Craignez
du-moins d'offenser celui...

SARA.

Ecoutez-vous vous-même, mon Père, s'il vous
est possible ; car vous êtes toujours violent,
extrême. Ah! je vous en supplie, au nom de la
nature...

LE VIEILLARD.

Au nom de la nature ! si tu as un Fils, tremble ! il pourra te faire éprouver quelle est la plaie
horrible... la douleur que cause l'ingratitude...
Laissez-moi seul ; laissez-moi à l'accablante confusion de mes pensées... Vous ne m'entendez
plus... Je fuis...

SARA, *à son Epoux.*

Il est dans la démence.

LAURENCE.

Vous serez obéi, Monsieur... Nous ne voulons pas, certes, vous contrarier, en face... Je me retire...

SARA.

Ma Sœur sera de notre avis, très-certainement ! Venez et laissons-le à lui-même , puisqu'il l'exige.... Il nous feroit encore un crime... Car tout est crime aux yeux de son Conseil.

LE VIEILLARD, (*d'une voix douloureuse*).

Tu me quittes ? Sara ?

SARA.

Mon obeissance doit ici se partager. Jusqu'ici, soumise aux devoirs d'une Fille , je vis en vous un souverain : mais voilà mon Epoux. Ma Mère quitta son Père pour vous ; la même obéissance qu'elle vous rendit, je la dois, et je demande qu'à son exemple, il me soit permis de la rendre à celui qui desormais est mon unique Maître.

XI SCÈNE.

LE VIEILLARD, JONES.

LE VIEILLARD.

Mon pauvre ami , je te reprochois tes soupçons, comme l'ouvrage d'une imagination trop ombrageuse ! aurois-tu le fatal avantage de lire mieux que moi dans le cœur des pervers, dans celui de mes Enfans? ou l'amour filial, dis-moi, seroit-il aujourdhui un vain nom, un nom fait pour tromper nous autres bons?... Ceci, oh! je le crains, mon cher Jones, ceci... Je n'ose achever....

JONES.

Ecoutez votre vieux Serviteur mon cher Maître? Ah! s'il le faut, dans ces circonstances! Abandonnez-moi plutôt, et reconciliez-vous avec votre Fille aînée. Puisque je déplaîs en cette maison, je ne mérite pas que vous fassiez pour moi un si grand sacrifice... Non, il ne le faut pas... Je vous en conjure.

LE VIEILLARD.

Que dis-tu? Tu ne me quitteras jamais! Ah! cruelle blessure de mon cœur!... Ecoute? pour n'en pas mourir, j'ai besoin de toi : Quitte-moi à présent.

JONES.

Vous connoissez mon long attachement et mon affection. Que n'étoit-il en mon pouvoir de vous déguiser plus long-temps une triste, une affreuse vérité! Mais je me reproche cet éclat....

LE VIEILLARD.

Si je souffre, ami, je suis du-moins éclairé... Oh! qu'il est douloureux d'avoir lu, ce que j'ai lu dans un cœur.... Mes jours heureux seroient-ils passés?

J O N E S.

Il vous reste deux Filles qui vous attendent, et qui vous dédommageront.

L e V i e i l l a r d.

Je tremble de l'avenir ! Ne me dis plus rien. Les cœurs tendres ont une existance qui leur est propre, qui n'est sentie que d'eux seuls... si l'Univers alloit s'effacer devant moi !... Etres chéris ! si je ne pouvois plus vous appeler mes Enfans!... Je frémis. Quand celle-ci étoit toute jeune, que je la prenois sur mes genoux.... oh ! quelle volupté inconnue !... Il y aura donc, me disois-je , une créature qui n'existera que pour son bienfaiteur ; qui ne sera remplie que du seul desir d'être à lui ; qui m'aimera sans partage ? nos deux ames ne formeront que la même ?... Je le croyois... O mon Aînée, mon Aînée ! tu n'as point aimé , tu n'aimeras jamais. Eh-bien ! vis heureuse si tu le peux, et ignore à jamais mes profondes douleurs.

J O N E S.

Combien je les partage ! Je vous accompagnerai avec la même constance la même fidélité , non-seulement comme mon maître, mais comme la bonté descendue sur terre. Vous savez, et vous me l'avez plus d'une fois promis....

L e V i e i l l a r d.

Quoi ?

J O N E S.

Que je dois achever de vieillir avec vous.

LE VIEILLARD.

Ah !... Eh bien, aide-moi à vivre... Ami, (*après un silence*) Il faut que j'écrive à ma Seconde ; il me tarde d'arriver chez celle, qui sera bien surprise, bien indignée ! c'est elle, qui calmera le bouillonnement....... Oh Dieu ! ne souffre pas que je perde la raison ; conserve ! daigne conserver mes sens dans le calme ! Je crains de devenir insensé, car mon ame est toute bouleversée. Dieu, prends pitié d'un Père trompé !... Allons, des chevaux ? je m'arrache d'ici, car plus loin, je serai plus tranquille... Que je vous regarde encore, ô murs, dont l'enceinte renferme.... Qui me l'eût dit ?... O maison, cruelle maison ! je n'emporte rien de toi, que ce corps que l'on rejette.... Viens, digne ami !... viens !.. aide - moi à exister.

ACTE SECOND.

PREMIÈRE SCÈNE.
SARA, JUDITH.

SARA.

J'accours, ma Sœur ! Bien précipitamment, direz-vous ? mais, pour cause : Je précède ma lettre, à ce que je crois ?

JUDITH.

Oui : soyez la bien venue. Mais qu'y a-t-il donc de nouveau ? votre agitation m'inquiette ? expliquez-vous ? qu'y a-t-il de neuf ?

SARA.

Eh-bien ! notre Père nous a fait tourner la tête
à tous...

JUDITH.

Oh ! je m'en doutois ! Rien ne m'étonne en cela.
Mais ce n'est rien, après tout... Remettez-vous.

SARA.

En-vérité, les Vieillards redeviennent des enfans !
or il faut les mener par la rigueur, sur-tout, lorsqu'on voit, qu'on y perd avis , remontrances ;
prières et caresses... Qu'en pensez-vous ?

JUDITH.

Je vous approuve fort !.. A combien de bizarreries
la vieillesse n'est elle pas sujette !.. La deraison qui
la domine...

SARA.

Souvenez-vous de ce que je vous ai dit ? Notre
traité subsiste ; il subsistera ?.. Vous m'entendez ?

JUDITH.

Certes, ma Sœur, nous serons d'accord ; d'une
manière invincible, et contre tous.

SARA.

Il n'est, et n'a jamais été, qu'inconséquence et
caprices.... Aux défauts invétérés de son naturel,
l'âge va joindre encore les emportemens de l'humeur fâcheuse, qu'amène avec elle l'infirme et
colère décrépitude.

J U D I T H.

Soyez sûre que j'insisterai, ainsi que mon Epoux,
sur la réforme, qui devient indispensablement nécessaire dans sa maison desordonnée.

S A R A.

Il est devenu par degré, tout-à-fait méconnois-
sable.

J U D I T H.

L'imbécillité de son jugement n'est que trop
visible ;

S A R A.

J'attribue ses bizarreries renforcées, à ce vieux
fou, qui le dirige, et qu'il dit tant aimer, par pure
jactance.

J U D I T H.

Comment ? nous n'aurions pas le crédit, nous
ses Filles , de chasser un Domestique inutile? C'est
justement parcequ'il y tient, qu'il faut l'expulser ;
car, n'en doutez pas, voilà l'origine de toutes les
indécences commises à notre égard... Quand il sera
isolé, les suggestions qui l'égarent n'auront plus
lieu, son bon-sens pourra renaître ; quoique j'aye
de bonnes raisons pour en douter.

S A R A.

Vous le jugez bien, à cet égard. L'âge a tellement appauvri ses idées, que c'est un long et
insupportable ennui que de l'entendre.

J U D I T H.

Et pourquoi l'écouter ? Ces Vieillards reprennent

exactement

exactement le langage de l'enfance , et l'on ne doit
pas , entre nous , y faire beaucoup plus d'attention... Mais j'entens du bruit? L'on arrive...

S A R A.

C'est lui , vous verrez.. Vous entendrez ses éter-
nelles et folles complaintes.

J U D I T H.

Laissez-moi le recevoir. (*à un Domestique*) Vous ,
restez ici , et si mon Père vient , dites-lui que je
n'y suis pas pour le moment. Venez, ma Sœur, re-
joignons mon Mari ; et toujours d'accord dans nos
mêmes vues, ne séparons point nos intérêts , ainsi
que notre premier plan de défense. Vous comprenez?

I I S C È N E.

LE VIEILLARD, JONES;
UN DOMESTIQUE.

LE DOMESTIQUE.

Je m'apprête de mon côté à le bien accueillir :
car quand il arrive ici , oh ! c'est une belle corvée !
les mines se renfrognent; la libre gaiété disparoît. La
morale triste reprend son cours. Je vais donc modeler
mon visage sur celui de mes Maîtres... M'y voici.

LE VIEILLARD, *(à-part)*.

Enfin , je suis chez elle ! J'y vais retrouver
des jours paisibles : Je le sens à la première

impression de joie , que me donne l'aspect de ces lieux. (*haut.*) Où est ma Fille ?

LE DOMESTIQUE.

Elle est sortie.

LE VIEILLARD.

N'a-t-elle pas reçu ma lettre... Une lettre ?...

LE DOMESTIQUE.

Non... Je ne sais... Je ne crois pas... J'ignore.

LE VIEILLARD.

Comment ! vous ne savez... Vous avez dû savoir mon arrivée ?

LE DOMESTIQUE.

Je n'ai point vu de lettre , et depeur de pécher contre la discrétion, Monsieur, je ne regarde jamais ce qui est écrit sur une adresse.

LE VIEILLARD.

Allez au devant d'elle, de ce pas , mon ami ; et dites-lui qu'un Père veut parler à sa Fille... à sa Fille, entendez-vous ? ainsi qu'à son Mari, s'il est présent.

LE DOMESTIQUE.

Oh ! il est avec elle très-certainement...

LE VIEILLARD.

Eh-bien ! qu'il l'accompagne ; et recommandez-le lui de ma part. Allez !

LE DOMESTIQUES.

S'il consent à l'accompagner , je le lui dirai , et de votre part...

III SCÈNE.

LE VIEILLARD, JONES.

LE VIEILLARD.

Je commence à respirer, O mon ami; ce lieu calme déjà mon chagrin.. Je n'ai donc plus rien qui soit à moi, que le cœur de celle que je viens visiter... O! ma chère Fille ! ne trompe point ma tendresse ! Sous quel jour nouveau j'apperçois cet Univers !... Les expressions me manquent... Il me tarde de l'informer de ce qui s'est passé ; de lire, sur son visage l'effroi, la surprise, l'indignation ! Chère Enfant ! c'est toi qui me dédommageras !.., Je ne vis plus d'impatience !.. Ah ! ma cruelle Aînée ! Qui me l'eût dit? Si un Ange, pour me détromper, me l'eût dit; non, je ne l'aurais pas crû...Viens, viens, ma seconde Enfant ! viens ! j'ai besoin de toi, pour fermer ma blessure ! Je te garde une double affection ; tu heriteras de ce que l'autre a perdu, de ce qu'elle a voulu perdre ; et cette affection, je puis la répandre sur toi, avec une plénitude, qui n'appartient qu'à mon cœur.

IV SCÈNE.

LE VIELLARD, JUDITH, JONES (dans le fond de la scène).

JUDITH.

Bonjour, mon Père... Quoi ! arriver sitôt et à l'improviste ? même sans nous prévenir... Pardonnez à ma première surprise...

LE VIEILLARD.

Bonjour ma Fille. Oui, arrivé, et comme tu le dis, à l'improviste ; mais non sans t'avoir prévenue ; je t'avois écrit.

JUDITH.

Ah ! je suis charmée de vous voir.

LE VIEILLARD.

Je le crois... car j'aime à le croire, ma Fille, que vous en êtes charmée... et si ma présence aujourd'hui ne t'inspiroit pas de la joie, la plus grande joie, je voudrois ouvrir le tombeau de ta Mère, pour m'y enfermer tout entier. Ma chère Fille ! je viens donc avant le temps prescrit... Mais....

JUDITH.

Il est vrai, avant le temps prescrit, formellement prescrit.

LE VIEILLARD.

Mais tu ne m'en recevras pas moins bien dans tes foyers, n'est-il pas vrai ? Va, je le sais bien ? Hélas ! le zèle, la reconnoissance, l'amitié, sont bien refroidis ailleurs !

JUDITH.

Où ?...

LE VIEILLARD.

Chez ta Sœur... Quand tu apprendras....

JUDITH.

Comment?... Que dites-vous ?... chez ma Sœur !

LE VIEILLARD.

Ecoute : un mauvais-génie a parlé à son cœur ;

mais il en sortira, je l'espère, il en sortira.. A peine puis-je te parler. Non, tu ne pourras pas le croire, toi, dont l'ame est plus noble et plus tendre ; non, tu ne pourras pas ajouter foi, je le dirai, à l'ingratitude, à l'indignité de sa conduite !

JUDITH.

Pourquoi me donner des éloges, qui nuisent à ma Sœur, et qui la rabaissent ! Vous lui aurez attribué sans-doute, les faits ou les paroles de son époux ; ou sur des rapports vagues....

LE VIEILLARD.

Comprends ce que je te dis, ma chère Fille ! Je ne te parle pas de son Mari ; il n'y avoit pas entre nos ames une correspondance assez intime, pour que... Mais elle, qui... elle a pu oublier ! Tiens ? sais-tu bien que, sans toi, je ne croirois plus aujourd'hui à la sensibilité d'aucun Etre ? Oui je les verrois tous comme métamorphosés en marbre, en airain. Ah ! puisqu'elle n'a plus voulu d'un Père, qu'elle vive donc loin d'un Père ; j'ai choisi, et je choisirai desormais ta maison, pour mon éternelle, pour ma dernière demeure ! Là, je serai bien,.. *(après un repos)* je serai mieux du moins....

JUDITH.

Je vous en supplie, mon Père ! modérez-vos cruels reproches... envers ma Sœur ! ô ! permettez que je prenne ici sa défense ? Ma Sœur est sans-doute toujours la même, et je crois, la connoissant bien,

depuis son enfance, que vous pouvez plutôt oublier ses vertus, qu'elle son devoir....

LE VIEILLARD.

Elle n'a plus de vertus à mes yeux ! car, le sais-
tu ? elle est sans amour filial, et sans reconnoisance.

JUDITH.

Que dites-vous ? Puis-je supposer que ma Sœur
soit dénaturée ; ou l'avouer d'après votre erreur ?
Il est arrivé, peut-être, qu'elle ait voulu mettre un
frein au bruit tumultueux, à l'extrême licence de
vos gens ? faire quelques réformes urgentes, d'a-
près les circonstances ? c'est sur des motifs aussi
légitimes, et dans des vues aussi louables, qu'elle
aura sans-doute agi ? Elle n'a pas pu agir autrement,
j'en suis convaincue, et elle ne mérite pas vos
dures accusations, j'ose le dire.

EE VIEILLARD.

Puisse le Ciel la punir, pour l'améliorer ! si elle
ne change toutefois de caractère....

JUDITH.

Oh ! quel emportement, mon Père ! combien il
est injuste ! Vous cedez depuis peu (à notre grand
étonnement) aux moindres choses ! elles vous affec-
tent. Vous n'avez plus la force ni la vigueur de la
jeunesse, et vous devriez conséquemment vous laisser
conduire par quelque personne circonspecte, pru-
dente ; qui connût mieux votre état, que vous ne le
connoissez vous-même. Je vous en conjure ! retour-

nez vers ma Sœur! vous êtes abusé sur son compte :
ne l'affligez pas à ce point! c'est un affront douloureux que vous lui faites ; et même , j'ose le
dire , une haute injustice.

LE VIEILLARD.

Arrête , ma Fille ! de grace ne me fais pas perdre
la raison! Tu me l'as dit , je suis vieux ; tout fait
une impression profonde sur mon ame sensible ;
ainsi ménage là. Après ce que j'ai fait pour mon
Aînée , dois-je supplier et mendier ses secours , en
lui disant ! ,, Daignez ma Fille , daignez m'accorder
,, des vêtemens , du pain , un azile ,, !...

JUDITH.

Eh ! non, mon Père , non ! vous mettez dans
toutes choses une exagération... Ce discours n'est
pas trop sensé , et tout le monde en conviendra.
Pourquoi ne pas retourner chez ma Sœur, qui est
desolée de votre absence ? qui ne sait à quoi l'attribuer ? et lorsque le terme convenu n'est pas encore
expiré, pourquoi usurperais-je sur elle un avantage
qu'elle auroit droit de me revendiquer? Oh! chacun
me condamneroit alors ; et à très-juste titre...

LE VIEILLARD.

Ecoute... c'est moi qui suis juge en ceci, j'espère :
Eh-bien! je ne puis l'absoudre ; elle m'a tenu un
angage qui m'a tué!.. Amer et douloureux souvenir !
elle m'a lancé un regard...

JUDITH.

Vous allez interprêter un regard !...

Le Vieillard.

Malheureux ! je l'ai reçu ! il ne peut plus s'effacer ! ma malédiction sur elle !.. si toutefois ne re-
venant pas à moi...

Judith.

Dieu ! dans vos accès de fureur et de vengeance,
vous allez me maudire aussi.

Le Vieillard.

Non, Judith ! non : jamais tu n'auras, tu ne
mériteras ma malédiction. J'ai aimé, beaucoup aimé
ta Sœur ! mais toi, je t'ai encore plus chérie. Je ne
sais ; l'inexplicable instinct du cœur a toujours
panché pour toi. Le jour de ta naissance fut le plus
beau jour de ma vie, et toutes mes peines dispa-
roissent encore, dès que j'y songe. J'ai remarqué,
dès ton enfance, que tu connoissois mieux les sentimens de la nature ; que ton ame étoit plus déli-
cate, plus profondément reconnoissante ; et indé-
pendamment de l'amour tendre que j'ai eu tōujours
pour ma Judith, tu n'as pas oublié, je me plais à
le croire, cette partie de mon bien, dont je t'ai
composé, avec tant de joie, une si riche dot ?....

Judith.

Sans-doute ! Mais vous avez fait pour les autres à
peu-près autant que pour moi : ma reconnoissance ne
differera point de la leur..... Je ne vous le cache-
rai point, j'aime ma Sœur ; vous ne me reproche-
raj point ce sentiment, j'espère... et comme c'est ma

Sœur

Sœur qui arrive , je ne puis lui interdire l'accès de
cet appartement... J'ose vous en prévenir... ne
vous en offensez pas,

LE VIEILLARD

Ciel! elle est ici... Ah! peut-être le repentir la
ramène ; Dieu ! clément ! fais que ce soit le repentir ! fais qu'elle expie ses fautes ! et ces bras pater-
nels lui sont ouverts... Je suis père ; je ne veux que
pardonner... que le repentir la justifie.

V SCÈNE.

LE VIEILLARD, SARA, JUDITH, JONES.

(Les deux Sœurs se prennent par la main).

LE VIEILLARD.

Pourquoi trembler... Qui me fait trembler ?...
La nature !... Je ne devais plus la revoir... L'ingrate !
elle ose me regarder ! et moi, je ne l'ose pas... On
dirait que je suis le coupable. (*à part.*) Oh ! comment combattre un cœur comme le mien. (*haut à
Sara.*) Détache ta main de celle de ta Sœur ; crois-
moi ; il n'est pas encore temps d'oser en ma présence , placer ta main dans la sienne.

JUDITH.

Eh ! pourquoi ne prendrait-elle pas ma main ?
un Père , qui, dès notre bas âge, nous a prêché ,
ordonné la concorde , condamnerait-il, en ce jour,
notre union ? se pourroit-il...

E

Le Vieillard.

Non, je ne la condamne point ; et je le demande au
Ciel, cette union étroite, et que j'approuve : Qu'un
cœur corrige l'autre ; je le desire ! oui, que ce sou-
hait ardent s'accomplisse ! (*à Sara*) Mais toi, cruelle !
oh ! prends garde de la pervertir, en lui parlant, laisse
la moi. (*après un silence*) Sara ; de grace ! laisse-moi
ta Sœur ! elle n'est point endurcie : ne lui ôte point
ce qui la distingue... Il en est encore temps, Sara ;
sens ta faute ! oui, deviens meilleure ! c'est le vœu
que je te laisse. Tantôt, tu m'as chassé ; étranger
désormais à ta maison, c'est ici que je demeure,
et que j'achèverai des jours, si longtemps troublés...

Judith.

Eh ! voila l'image que que vous m'offrez ! En ai-je
donc besoin, pour nourrir, échauffer ma tendresse !
Ma Sœur vous dira, que le terme convenu n'est pas
expiré ; qu'elle le reclame, en ce moment, et avec
instance. J'ajouterai, que vous ne vous souvenez
plus du traité dicté par vous-même ; comment ose-
rai-je, moi, le briser, pour encourir le reproche....

Le Vieillard.

Il n'est pas détruit, grand Dieu ! le traité ! non !
Mais il n'est pas effacé, non-plus, le regard qu'elle
m'a lancé ; il me poursuit encore : il me déchire !...
Oh ! il est-là : il tue mon ame ! Je ne puis faire un
pas vers elle, que je ne ressente tout ce que j'ai
souffert, quand elle m'a regardé... Dieu ! je lui par-

donne ! mais ce que je demande de ta souveraine
Bonté, c'est qu'elle ne me regarde plus, avec cet
œil d'Enfer, qui m'a épouvanté !....

JUDITH.

Est-ce là un discours raisonnable, mon Père ?

LE VIEILLARD.

Il est peut-être vrai que je n'ai plus de raison,
que mes Enfans me l'ont otée !... Ma raison s'en-
fuit... Je n'ai plus rien à moi ! Hélas ! j'ai tout cédé...
Ah ! mes Filles ! ne m'ôtez pas du moins la raison !

JUDITH.

Quoi ! toujours des reproches, et les plus ou-
trageans !

LE VIEILLARD.

Judith, non, non : Mais tu ne sais pas, peut-
être, combien tu m'offenses, par tes paroles !... Ne
prends rien de son génie ; garde le tien... Auprès
d'elle, tu me sembles encore bonne et vertueuse : il
suffit de n'être pas elle, pour avoir une ame : aussi
veux-je demeurer avec toi ; et jusqu'à ce Dieu me
rappelle à lui.

JUDITH.

C'est par votre volonté que je me trouve aujour-
d'hui sous la puissance d'un Epoux, à qui toute ma
vie appartient ; il faut qu'il soit consulté, et vous ne
vous y opposerez pas ? Je n'ai encore rien préparé,
je le confesse, pour vous recevoir honnorablement.
D'ailleurs, j'appréhende tout-à-la-fois, et de dé-

plaire à ma Sœur, qui a des droits antérieurs aux miens ; et à mon Mari, qui a ses principes invariables : notre maison, déja très-incommodement resserée par son local et par d'autres circonstances... Mais voici celui que vous m'avez donné pour maître ; c'est à lui, et non à moi, de décider sur un point....

VI SCÊNE.

LES PRÉCÉDENTS, CLAVERO.

LE VIEILLARD.

Je vous salue, mon Gendre. J'anticipe un peu sur le terme fixé, direz-vous? Mais faut-il vous l'avouer? je viens ici pour me reposer de mes tourmens ; oui, me reposer, vous dis-je, auprès de ma Fille chérie... J'ai tant souffert ?... Vous saurez...

CLAVERO.

Ah ! Monsieur très-volontiers ! Mais permettez que je vous en prévienne ! vous allez occasionner infailliblement une querelle entre des Parens très-unis... Je vous plains beaucoup dans les chagrins que vous vous donnez gratuitement ! car vous vous privez vous-même... Or, pour être bien obéi , il ne faut qu'une seule autorité dans une maison... Vous en conviendrez ?

LE VIEILLARD.

Eh-bien ! j'immolerai la mienne ... mon Gendre ; soit.

C L A V E R O.

Dispensez-vous donc d'un commandement sevère,
de vouloir être servi, et uniquement par vos affidés.
Votre bonté aveugle les favorise outre mesure ; ils
n'en sont que plus impertinens. Vous aurez nos
domestiques : s'il leur arrive de vous manquer,
nous seront-là pour les reprimander, pour les punir.
La maison de votre Aînée, qui vous reclame, quoique plus vaste que celle-ci, a été troublée par votre
humeur, vive, impérieuse, et que vos serviteurs (s'il
m'est permis de ne rien vous taire) n'imitent que
trop fidèlement ! ils ajoutent toujours au ton qu'ils
reçoivent d'autrui.

LE VIEILLARD.

Dieu ! donne-moi la patience et la force d'entendre et d'ecouter. Accorde-la moi , grand Dieu !
calme cet orage, qui déja gronde dans mon sein... Si
c'est vous , mon Gendre, qui armez ces Filles contre leur Père, dites-le moi , et je leur pardonnerai
le crime d'un autre?... Mais non , un tel forfait ne
s'inspire pas... Vous croyez que , brisé par la douleur qui m'assiége , je pleurerai devant vous? Non
non : je ne pleurerai point.

JUDITH.

Vous aurez tout ce qui vous sera nécessaire, mon
Père : mais par complaisance, si ce n'est par justice,
prêtez l'oreille aux propositions de ma Sœur ?

LE VIEILLARD.

Ah! privez-moi du nécessaire , mais n'endurcissez

pas vos cœurs ! ne renversez pas en un instant toutes mes idées, je vous en supplie, mes chers Enfans ! ne me faites pas devenir insensé !... Oui, je le crains !... Dieu ! conserve-moi la raison !

S A R A, *à Judith.*

Vous voyez qu'il extravague.

J U D I T H.

Hélas !... son état empire... je le vois trop !

C L A V E R O.

Vous êtes aigri, Monsieur, et tous les objets prennent dès-lors la teinte de votre imagination blessée ! Nous savons très-bien qui entretient en vous cette fâcheuse disposition ; c'est un Vieillard rusé méfiant, qui a pris sur vous un ascendant absolu : mais cet empire extravaguant doit bientôt cesser. Le desir, ou plutôt la volonté de toute la Famille ! seroit qu'il s'éloignât, sous peu de jours : Alors la paix retablie.

L E V I E I L L A R D.

Dieu ! je ne provoque point la foudre... Non, non... je veux conserver le calme....

C L A V E R O.

Eh ! que vous proposons-nous ? d'aller habiter une petite campagne en bon air, ou vous serez soigné, et environné de toutes les commodités possibles.

L E V I E I L L A R D.

Loin de mes Enfans !... Le monde se renverse-t-il autour de moi ?... Je ne sais plus ce qui m'environne !

C L A V E R O.

Mais... nous irons vous voir tour-à-tour : nous nous en ferons un devoir, une fête ; à-condition toutefois...

L E V I E I L L A R D.

Achevez ! achevez, puisque c'est vous, Monsieur, qui êtes ici l'organe....

C L A V E R O.

A-condition, que nous n'y trouverons point celui qui vous gouverne à toute heure qui vous rend difficile, opiniâtre ; qui vous inspire enfin tous les caprices changeans, que vous n'auriez pas, sans lui, vû la sagesse de vos premières années.

L E V I E I L L A R D.

Ciel ! je vais succomber? Regarde en pitié un infortuné Vieillard, qui sent la mort... qui sent la fureur !... Hélas ! qui pourroît sentir la haine contre son sang... Ciel ! préserve-moi de ce tte affreuse haine ! car celle qui est entée sur l'amitié expirante, devient la plus violente, la plus implacable de toutes ! Quoi ! faire cet affront à votre Père, mes Filles !... Songez....

J U D I T H.

Nous sommes en puissance d'un Mari ; et nous lui devons le sacrifice de nos volontés...

L E V I E I L L A R D.

Ah ! je me disais quelquefois avec orgueil: Qui est celle d'entre vous, dont son Père pourra se vanter d'être le plus aimé ?... et... congédier avec une

froide inhumanité, mon fidèle, mon unique Serviteur.

C L A V E R O.

C'est que nous nous sommes apperçus que rien
ne redoubloit votre humeur chagrine, comme sa
présence. Balanceriez-vous, Monsieur, à l'éloigner
sur-le-champ, d'une maison où il repand, où il entretient la discorde ? Nous lui ferons d'ailleurs
un sort.

L E V I E I L L A R D.

Eh ! savez-vous que l'Homme que vous voulez
séparer de moi, est mon bon, mon ancien... hélas !
mon seul ami, peut-être ?

C L A V E R O.

Votre bon, votre fidèle ami ! Ah! Ah !... Quelle
offensante prédilection ! et combien elle est inju-
rieuse pour nous !

L E V I E I L L A R D.

Je le vois, mes Gendres, mais je ne m'en étonne
point ! ma langue n'est point la vôtre, et ma voix
ne va pas jusqu'à vous. Ah ! vous ne connoissez
ni l'énergie, ni la profonde sensibilité de mon ame,
et pour vous, sans-doute, la vie d'un Vieillard semble une éternité.

C L A V E R O.

Vous n'aimez guères vos Enfans, Monsieur, ni
nous, si vous pensez cela ! et si vous leur supposez, en leur refusant un léger sacrifice....

L E V I E I L L A R D.

Le Vieillard.

Et mes Enfans ne m'aiment guères, s'ils veulent m'ôter ce dernier appui !... Ah ! Judith ! je t'ai vue naître, je t'ai vue grandir ; je t'ai cent fois portée dans ces bras que voici, quand tu n'étois encore qu'une enfant ; sur ces pauvres bras ! J'ai admiré ton sourire, et ces mots heureux, que tu ne comprenois pas. J'ai cru lire dans tes traits l'aurore d'une bonté, d'une tendresse inaltérables ! Me serois-je trompé ? dis Judith ?

J u d i t h.

Vous nous outragez chaque jour, à cause de lui, et dans ce moment même, le préférant à nous... Apprenez que c'est notre vœu à tous, que c'est le desir de la Famille entière et réunie...

Le Vieillard.

Quel est-il ce vœu ?

J u d i t h.

Que si vous voulez absolument demeurer avec lui, nous ne pourrons plus demeurer avec vous.

S a r a.

L'intention de ma Sœur et la mienne s'accordent parfaitement, en ce point... La décision unanime est enfin qu'il s'éloigne de votre personne.

Le Vieillard (*courroucé avec force*).

Je l'accepte... Demeurer avec vous, Filles perverses ! Allez ! je n'ai plus besoin que d'un tombeau ! S'il y a un tonnerre pour les Enfans ingrats !...

F

Allez : l'Eternité nous sépare !... Eternité sépare-nous !
Dieu ! elles l'ont voulu , les cruelles !... Oui , nous
serons séparés ? c'est le vœu parricide de leurs
cœurs.

JUDITH.

Oh ! des imprécations ?... Quoi !... contre vos
Filles. !

LE VIEILLARD.

Punissez-moi de vous avoir aimées ! Tout parent
crédule et généreux est donc trompé., assasine par
les siens ! Vous vous taisez, malheureuses ! vous
vous unissez contre un Père, dans un affreux silence !
O nature ! dans ce jour de justice et de colère
entends ma voix ! porte dans leur flanc la stérilité,
afin que jamais aucun Enfant ne les honore du
nom de Mère !... Après ce que votre langue impie à
proféré , Filles ingrates ! vos mains sont prêtes
pour le crime ; votre pied sacrilège est avancé, pour
frapper et repousser mon cadavre....

CLAVERO.

Calmez-vous, de grace, Monsieur ! n'opprimez pas
à ce point vos Enfans !... Eh ! qu'ont-ils donc fait ,
pour motiver vos fureurs ?....

LE VIEILLARD.

Il n'y a plus d'Enfans... Vertus des Enfans, vous
n'êtes qu'un misérable vuide ! plus de piété filiale
sous le Soleil... Tout est cahos, enfer et désordre...
Achevez ! d'un seul coup , brisez ma tête chauve...
Accours à mes cris ! Viens ! viens, mon ami , mon

seul ami ; viens soutenir ma vie défaillante. *(Jones entre et se précipite dans ses bras.)* Je sens que je meurs....

VII SCÊNE.
LES PRÉCÉDENTS, JONES.

LE VIEILLARD.

Et voilà celles que j'appelois!... Regarde! Il n'est donc point d'art qui apprenne à deviner l'ame sur les traits du visage !... Les voilà soulevées contre moi? Et tu me l'avois prédit....

JONES.

Est-il possible!... Non! non!...

LE VIEILLARD.

Enfans ! vous fuyez un Père, comme s'il étoit déjà jetté dans la fosse... Mais je vis pour vous juger. *(à Jones.)* Sens-tu le coup qui m'atterre? Et vois! leur conscience frappée, ne pâlit point... Dieu ! ô Dieu ! laisse-moi, en fuyant de ce monde, laisse-moi un Univers réduit en cendres, où je serai seul avec l'Astre pâle de la nuit et les deserts éternels ! Là, j'aurai toute l'éternité pour analyser à loisir le cœur de mes Filles, de ces inconcevables creatures, jadis si tendres, aujourd'hui si cruelles ! O misérable et douloureuse vie !... Elles ne reviennent point à moi!... mort! tout est mort! *(avec explosion.)* Par ces cheveux blancs que je tiens,

fuyez loin de moi! loin de moi ! ou ma malédic‑
tion vous atteint et vous écrase? C'est le jour de la
séparation éternelle! Vous l'avez voulu?... eh‑bien!
il est arrivé... Rejouissez‑vous...

CLAVERO.

Quel fougueux Vieillard !

SARA.

Son esprit est aliéné ; il est vraiment atteint de
folie !... et d'une folie incurable.

JUDITH.

Sortons. *(Elles prennent la fuite).*

VIII SCÈNE.

LE VIEILLARD, JONES.

LE VIEILLARD.

Elles fuient : elles vont rejoindre dans le fond
des forêts , les Êtres insensibles, les animaux féro‑
ces , dont elles ont pris l'instinct ! Et moi , il ne
m'est pas encore possible d'oublier des objets qui
m'étoient si chers !

JONES.

Ah ! mon bon Maître ! luttez en homme coura‑
geux contre le malheur.

LE VIEILLARD.

Et toi, reponds ! dis? que fais‑tu près de moi? Tu
vas m'abandonner aussi? oui tu le dois. Eh ! que
lien m'unit à toi? Dis? que te fait ma douleur !
Pourquoi serois‑tu sensible à ma calamité ? J'avois

des Enfans ; ils m'ont assassiné ! Mais vois-tu ? ce ne sont pas des assassins ordinaires. Sais-tu ce qu'ils ont fait ? Ecoute ! ils m'ont jetté nud dans le cercueil ; ils ont cloué la bière , tandis qu'étouffé , je tâchois de soulever le couvercle fatal , que leurs mains sacriléges ont pressé sur moi , avec effort... Voilà ce qu'ils ont fait ?....

J O N E S.

Ah ! Dieu.... Songez que vous avez une troisième Fille !... Croyez ! ah ! croyez à sa tendresse.

L E V I E I L L A R D.

Plus d'Enfans ! plus d'Enfans !... Elle sera dénaturée, comme les autres !... Tout est oblique et faux, dans le cœur humain ! En ces jours malheureux, le vice lutte contre la vertu ; mais tout ce qui est vice ou vil intérêt l'emporte. Tu ne sais pas une grande, une affreuse vérité ! Je te la dirai ; mais tout-bas ; tout-bas. *Point d'Enfant, qui ne désire la mort de son Père, Sous la voute du Firmament !* il n'est pas un cœur où la noire ingratitude n'ait déposé son germe... Tout est perverti dans la nature de l'homme... Cette cruelle vérité , eh ! combien je la rejettois ! Elle me luit enfin ! et d'une clarté horrible, mais vraie.

J O N E S (*à part*).

Ses malheurs ont égaré sa raison.

L E V I E I L L A R D

Justice , pitié, commisération , mots vuides de sens ! Loix du monde ! jeux du hazard... Allons,

[50]

je ne veux plus de toît au-dessus de ma tête : c'est
la pierre et l'airain qui forment le cœur nouveau
des Hommes. Le desordre règne ; les rayons du
Soleil éclairant le globe, se brisent sur l'immense
rideau des crimes voilés ! la trompette de la révolte contre les Pères, à sonné lugubrement dans la
nature entière....

JONES.

Ses longues calamités ont tellement frappé ses
esprits....

LE VIEILLARD.

Je vais mendier, Je vais tendre une main sup-
pliante ! je suis né pour l'ignominie ; pour être
rebuté , chassé ! mais par mes lamentations , par
le récit de mes infortunes , j'attendrirai les cœurs !
Que dis-je ? je n'attendrirai personne ! car des
hommes , des hommes ! il n'y a en plus sur la
terre ; les Tigres , les Serpens , les Vipères... les
Enfans ingrats en hérissent la surface....

JONES.

Hélas ! sa tête se trouble de plus en plus !

LE VIEILLARD.

Si j'avois un glaive , et que je pusse trancher
la race insensible et dure, tiens, à coup sûr, je fau-
cherois l'espèce humaine.

JONES.

Le desespoir qui l'agite... Oh ! comment le sauver de son délire.

LE VIEILLARD.

Honnête Jones ! sors de cet abîme d'horreurs ;

de cet impur séjour, de ce repaire d'iniquités! Pourquoi te trouves-tu encore près de moi ? Insensé! va jouir de la fortune que je t'ai assurée ! mais ne te fie jamais aux témoignages de ce qu'on appelle l'amitié! c'est le mot le plus trompeur, dont se servent ici bas les traitres humains. Ah ! je ne mourrai pas du-moins sans avoir été détrompé !... Surtout, ne crois point aux caresses de celles qui diront t'aimer ! tu verras des yeux en pleurs, puis des cœurs de fer! elles te flatteront, pour attirer ton héritage ; mais dans leur barbare insensibilité, elles finiront par te faire expirer de douleur ! et leur conscience endurcie ne leur dira pas même, que c'est-là un crime... L'air, la terre, les mers, les Loix naturelles sont interrompues, sont troublées : Desordre ! te voilà déchaîné ! ravage l'Univers.... (*Il sort*).

IX SCÈNE.

J O N E S (*seul*).

Oh! suivons le par-tout! Sauvons-le de lui-même ! Hélas !... l'intérêt fait donc taire aujourd'hui le devoir, la nature !... Ses Filles... Je ne voudrois pas avoir un pareil cœur dans mon sein, pour toutes les grandeurs de l'Univers ! ... Mais moi, je les remplacerai, ces impitoyables Enfans ! Je tendrai les bras à son infortune ! je l'accompagnerai dans les contrées et dans les courses, où le guideront la douleur ou l'aveugle desespoir.

ACTE TROISIÈME.

Le Théâtre représente une forêt; sur la droite, est une cabane.

PREMIÈRE SCÈNE.

JONES (*seul*).
(On voit errer Jones).

Il est parti... Il s'est échappé de nos bras, malgré nos longs et inutiles efforts !... Hélas ! sa tête est aliénée... Cruels Enfans ! qui l'avez réduit à cet horrible état, vous en répondrez...; Prêtons l'oreille ; car on le suit à ses gémissemens, à ses cris douloureux et plaintifs.... Il a pris le chemin de cette forêt ténébreuse : je veux l'y suivre, courir sur ses traces les montagnes et les bois, le chercher, le trouver, ou me précipiter du haut de ces rochers, s'ils ont été les tristes témoins de sa mort. (*Il s'enfonce dans la forêt*).

II SCÈNE.

CAROLINE (*seule, regardant de côté et d'autre*).

Helas ! où le trouver ce bon Père ?... Je regarde aussi loin que mon œil peut s'étendre... Mes
cris

éris percent en vain le sacre silence des forêts !
Il s'est échappé la tête nue , et déja la nuit affreuse va l'envelopper ! Qui lui ouvrira sa porte?
La douleur a égaré ses esprits ! Dieu ! suspendez
vos coups ! sauvez sa raison de ces étranges éga-
remens... Ah ! si le sommeil avait pu le sur-
prendre , il eût porté quelque baume dans ses
organes blessés... Moi ! je ne dormirai plus qu'il ne
soit consolé et guéri ;... Mais , comme ce Ciel
est sombre ! il devient menaçant : toute la nature
est attristée , ainsi que mon âme.... Voici un orage
qui s'apprête... Dejà l'éclair... Mettons-nous à
l'abri... O mon Père , mon Père ! où êtes vous ?
apparoissez à votre Fille , afin que sa main vous
guide , et que sa voïx vous console !... Entrons...
(*Elle entre dans la cabane*).

III SCÈNE.

LE VIEILLARD, *feul.*

(*On entend l'orage qui gronde*).

Plus d'Enfans , plus d'Enfans , dans l'immense création ! La terre est dépouillée de ses
ornemens ; le globe est desert; les végétaux crois-
sent encore; mais ils vont tomber et pourrir.....
Le soleil lui-même tombera... Tout est dissous
dans la nature, car le cœur des Enfans s'est
separé du sein paternel !..... Vents, rugissez !

G

grondez, tempêtes! éclairs, euveloppez-moi! ton-
nerres, éclatez! Ce grand courroux des élémens soulevés plaît à ma douleur... L'orage est aussi dans mon
sein ; mais il rugit là plus terrible encore... Foudre
exterminateur, frappe ma tête, comme celle de ces
Rocs arides! Eh! pourquoi l'épargnerois-tu?...
C'est vous, Filles dénaturées, qui avez donné au
monde l'exemple de la subversion! il sera suivi :
la confusion va s'étendre, et dévaster tout le globe!
Oui, si le Ciel ne se hâte pas d'envoyer des Anges, pour repeupler le monde, les hommes vont
bientôt s'entredévorer... Mes Filles!... Les voici!
et transformées en monstres..... Les éclairs me
découvrent leurs traits hideux... Oui, les voilà,
mes criminelles Filles! Je n'ai pas besoin de les
maudire, elles portent le visage bleuâtre des Fu-
ries, de l'Ingratitude... Tonnerre lointain, rap-
proche-toi? Je défie le sort et la tempête ; je
souffre ce qui est plus que douleur, ce qui est au-
delà du désespoir ... Poignardé par mes Enfans!
naufragé sur la mer impétueuse de ce monde,
il me semble que la nature entière va me repousser hors de son enceinte. Oh! que cette tête
chauve soit le but de tous les traits foudroyans qui
sillonent les airs.... Car, Père infortuné, abandonné des miens, je puis sourire, moi, à la
destruction des mondes....,

IV SCÈNE.

LE VIEILLARD, D'ANGELI.

D'ANGELI (*sortant de la cabane*).

Qui se plaint si douloureusement?... Et qui peut être ici seul, à cette heure, avec cette affreuse tempête?...

LE VIEILLARD.

Moi, dont l'âme est encore plus remplie de trouble, d'agitation et d'horreurs.

D'ANGELI (*le reconnoissant*).

Ah! c'est vous... Monsieur Lamanon!... est-il posible?...

LE VIEILLARD.

Quelqu'un me reconnoît ici! Qui pourra me dire ce que je suis? moi, je l'ignore! Je n'ai plus d'autres biens que l'air; je suis dans l'état le plus abject, où jamais la misére ait abîmé, défiguré un homme; chassé; dépouillé; nud; delaissé.

D'ANGELI.

Ah! je vous offre mon humble chaumière.... Daignez vous y refugier!

LE VIEILLARD.

Va, le creux d'un arbre m'auroit tout aussi bien servi d'asile.., Mais avant que j'entre chez toi, souffre, Ami, que je te fasse une seule question : Es-tu Père? as-tu pour Enfans des Filles?

[56]

D'A N G E L I.

Je n'ai point de Filles ; car je n'ai point d'Enfans.

LE VIEILLARD.

Tu n'es donc pas malheureux !.... Ah ! que
j'envie ton sort... Eh - bien, j'entrerai chez toi,
et j'y reposerai ; j'y reposerai, puisque tu n'as
point pour Enfans des....

D'ANGELI.

J'ai vû là-bas, là-bas, deux personnes bien
affligées, et qui vous cherchaient.

LE VIEIFLARD.

Tu te trompes, ou l'on t'a trompé ; personne
ne me cherche... Qui me chercheroit ? ne vois-
tu pas que je suis un mendiant, qui ne peux
plus déterminer la pitié, que par des gémissemens plaintifs et prolongés ? Ne vois-tu pas que
le froid, la faim, la nudité, voilà mon partage.... Dénué de tout....

D'ANGELI.

S'il est ainsi ; il vient souvent dans ma chaumière une jeune Femme, noble, sensible et tendre, qui me comble de ses bienfaits.

LE VIEILLARD.

Une Femme sensible et tendre, dis-tu ? elle
se nomme ?

D'ANGELI.

Caroli n e ?

LE VIEILLARD

Je l'ai connue autrefois... Je m'en souviens.

[57]

D'ANGELI.

Vous avez donc connu la bonté, la grâce et
la sensibilité réunies.

LE VIEILLARD.

Vains songes ! illusions ! Tu ne sais donc pas
qu'il n'y a plus de vertus, ni de reconnoissance
sur la terre ? Cet orage, en grondant, a dit dans
les airs, *Triomphe des Ingrats !*

D'ANGELI.

Ah ! si vous la connoissiez, celle dont je parle !

LE VIEILLARD.

Je l'ai connue, te dis-je ; je l'ai moins aimée
que les autres ; elle doit agir avec plus de rigueur envers moi : elle fera bien ; elle justifiera
ses cruelles Sœurs.

V SCÈNE.

LE VIEILLARD, CAROLINE, D'ANGELI.

CAROLINE, *dans le fond.*

Je l'apperçois... Ses cheveux blancs que soulève
la tempête...Allons à lui... Hélas ! il va me méconnoître... Comme son front est altéré par le desespoir. Dieu ! rétablissez l'harmonie et le calme dans
l'ame de ce bon Père... Végétaux ! s'il en est
parmi vous d'assez puissans, pour endormir les chagrins et adoucir la douleur de l'âme, offrez-vous
à ma main filiale ! Et vous, grand Dieu ! faites que

[58]

ma voix, comme une rosée bienfaisante, ranime ce cœur flétri ; que mes larmes pieuses coulent sur ses joues... Approchons... O mon Père ! mon tendre Père !

LE VIEILLARD, *assis.*

Qui est-là, et qui me tend la main?

CAROLINE.

C'est votre Fille...

LE VIEILLARD.

Je n'ai plus de Filles...

CAROLINE.

Oh ! ne me repoussez point !... Que je repare le trouble, dont mes deux Sœurs ont affligé votre personne sacrée... Me reconnoissez-vous ?

LE VIEILLARD.

Oui, je vous ai vue... Vos traits!... Ils sont dans ma mémoire : mais je suis entouré de méchans, que je n'ai point mérités : car, je leur ai fait du bien, à tous ces méchans-là... Dites, Madame, quand je n'aurois pas été leur Père, ces cheveux blanchis n'auroient-ils pas dû exciter du-moins leur charitable compassion? Devoient-elles m'envoyer au fort de la tempête, tête nue et sans abri, passer la nuit froide dans l'abandon? Eh ! l'on donne une retraite dans l'orage, quand il s'est égaré, au pauvre animal de son Voisin ; on le prend, on le rechauffe auprès du foyer. Jugez-les, Madame, vous qui me semblez si différente d'elles ! bien bonne, bien compatissante?....

CAROLINE.

Ah ! ne suis-je plus rien autre chose pour vous ?
votre œil... quoi ! il se détourne !... Voyez-moi ?
étendez sur moi votre main, pour me benir... je
vous en conjure ?

LE VIEILLARD.

Que je vous bénisse, moi ! Délaissé de la nature entière, moi ! malheureux Vieillard, à qui
rien ne reste aujourd'hui dans le monde ! moi !
ah ! j'ai besoin de la bénédiction des autres, et
personne n'a besoin de moi !

CAROLINE.

Je suis votre Fille.

LE VIEILLARD.

Et quand cela seroit ; vous m'abandonneriez
bientôt, ou vous pourriez m'abandonner, après
m'avoir outragé ; et il n'y auroit rien-là d'extraordinaire.

CAROLINE.

Moi, vous abandonner !... Je viens ici pour ne
plus vous quitter ; pour prévenir en tout vos ordres, vos volontés, vos moindres desirs ; pour
être à vous, dans tous les lieux que vous voudrez
habiter, comme dans tous les instans de ma vie.

LE VIEILLARD.

Ah ! je suis bien en ce lieu ! Ne m'arrachez point
de ce lieu ! car j'attends ici Quelqu'un.... Quelqu'un, Madame, qui m'aime encore, tandis que

ceux qui auroient dû m'aimer... Mais je le vois !
c'est lui ; c'est Jones... Jones !... Ah ! c'est mon
ancien ami, Madame, mon bon ami, mon seul ami ;
et déjà je pleure en le voyant....

VI ET DERNIÈRE SCÈNE.

LES PRÉCÉDENS, JONES.

LE VIEILLARD.

Bonjour, Ami !... Eh ! je t'attendois toujours !
D'où viens-tu ? Tiens, en ton absence, voici une
Dame que j'ai rencontrée, et qui me paroît être
bien charitable ! du-moins pour moi !

JONES.

Eh ! reconnoissez-la, mon cher Maître ; regar-
dez-la... c'est votre Enfant...

LE VIEILLARD.

Non ! non ! les Enfans sont morts.

JONES.

Revoyez celle que je vous ai annoncée, et qui
vient vous rendre ici tout ce que vous avez perdu ;
tout ce que vous devez attendre de son amour,
et de sa tendresse.

LE VIEILLARD.

Elle me fait plaisir à voir ; Jones ! qu'elle ne
s'en aille point encore ; car j'aime bien à la voir.

JONES.

JONES.

Celle que vous voyez... sera à vous ; tant qu'elle respirera.

LE VIEILLARD.

Bien vrai !... Ah ! je m'en réjouis ! Je ne me défendrai point du plaisir de vivre auprès d'elle... Elle m'embrasse, Jones ! elle me prodigue ses caresses ! à moi ! Oh ! la digne, la généreuse Créature ! c'est un Ange, je crois !

JONES.

Vous ne vous trompez point.... embrassez-là ; c'est votre Ange.

LE VIEILLARD.

Jones ! ces larmes que je répands, elles m'attendrissent ; elles ne sont plus si brûlantes ! elles ne sont pas comme les autres, du plomb fondu sur mes pauvres joues ! dis-moi donc pourquoi cela ?

CAROLINE.

Ah! bon Père ? le meilleur des Pères !... Pardonnez... pardonnez !...

LE VIEILLARD.

Je le sens ; c'est l'Ange qui fait tout cela : oui, c'est l'Ange : où demeure l'Ange ?

CAROLINE.

Avec vous, et pour toujours ; oui, sans-cesse avec vous.

H

L E V I E I L L A R D , *toujours dans le délire.*

Ah ! tant-mieux! tant-mieux , Ange ! Quelle douce émotion l'Ange me fait éprouver !... Eh ! pourquoi vous mettez-vous à-genoux ? devant qui ? devant moi ?

C A R O L I N E.

Le crime ou l'oubli de mes deux Sœurs, je viens l'expier, l'effacer : Je viens accomplir ce qu'elles n'ont pas fait... O mon Père , que je baise en silence la poussière de vos pieds.

L E V I E I L L A R D -

Oh ! je ne mérite point que l'on s'humilie ainsi devant moi ! Je suis un pauvre Vieillard qui n'ai plus rien , qu'un cœur bien tendre , mais déchiré... Vous pleurez !... Ses larmes, Jones, ses larmes mouillent ma main ! dis-moi donc qui les verse , ces larmes?

C A R O L I N E.

C'est le cœur qui vous appartient tout entier ; c'est Caroline.

L E V I E I L L A R D.

Ah ! si c'est Caroline , paix ! paix !.. Ne prononce pas ce nom-là tout haut ! car j'ai du remords , de la confusion : J'ai flétri la joie de sa jeunesse... Cette pâleur sur ses joues m'accuse... Je fus injuste...

C A R O L I N E.

Ah! paroles trop tendres !... Elles me percent l'âme !

LE VIEILLARD.

Qu'elle me pardonne, et ne me haïsse point...
Ange ! ne sois pas Caroline !

CAROLINE

Je suis elle, je suis elle ; et je meurs à vos
pieds ! si....

LE VIEILLARD (*sortant de son délire*).

Si c'est toi, ne m'aime pas, ou dissimule ton
amour : car tes Sœurs te haïroient de m'aimer !
cache toi bien d'elles !... Prends garde !

CAROLINE.

Je veux vous aimer.

LE VIEILLARD.

De quel ton elle dit qu'elle veut m'aimer !
Ah ! c'est que des Anges ne connoissent point,
ne nourissent point la haîne... Et pourquoi ! Jones, m'aimeroit-elle ?

CAROLINE (*détachant un portrait*).

Pourquoi ! Ah Dieu ! parceque voici ma Mère...
Regardez le présent sacré que vous avez attaché à
mon cœur, le jour de ma naissance ; il ne m'a
pas quitté depuis. Voyez l'image chérie de ma
Mère. (*Elle remet le portrait aux mains du Vieillard.*) Ah ! ma Mère, je vous invoque en ce moment ! aidez-moi du fond de votre tombeau, à rap-
peller au cœur d'un Père, l'image d'une Fille tendre
respectueuse, et dévouée jusqu'à la mort !

LE VIEILLARD, (*prenant le portrait.*)

O portrait !... Ange ! je te presse sur mon sein ! tu chasses insensiblement les nuages dont ma raison étoit obscurcie ! tu fais rentrer insensiblement la joie... Dieu ! suis-je encore Père ?

CAROLINE.

Oui.

LE VIEILLARD.

Est-ce une Fille nouvelle que le Créateur m'a donnée tout-à-coup , pour remplir l'étendue de ce cœur , dont il connoît la flamme et l'impétueuse tendresse ?

CAROLINE. (*plus fortement*).

Oui.

LE VIEILLARD.

Si c'est un présent de ta bonté , grand Dieu ! tu ordonneras donc au desespoir de sortir de mon ame ! Je suis vieux, et j'irai chez elle , y terminer mes jours ; qu'elle soit ma fille , ou qu'elle ne le soit pas ; car il me faut un Enfant..... il m'en faut un, hélas !

CAROLINE.

Je suis cette Enfant.

LE VIEILLARD.

Bien vrai ?...

CAROLINE.

Dieu le sait.

LE VIEILLARD. (*avec un cri*)

Ah ! Caroline ! je le crois : mes entrailles pa-ternelles en frémissent... Coulez donc , larmes, qui m'oppressez ! larmes qui pesiez d'un poids si terrible sur ce cœur aride et desséché ! sommeil de ma raison disparois !... Ah ! ma Caroline ! oui, je t'ai vue dans le berceau... Je ne pouvois vivre alors sans me voir entouré de berceaux !... O mon Enfant unique !...

CAROLINE.

Pourquoi ?... unique ? Pardonnez, pardonnez aux coupables, à moi, bon Père !.. Ne soyez pas inexorable !... O mes Sœurs ! je me prosterne, avec vous, pour obtenir grâce ! mes Sœurs humiliées, repentantes, se prosternent devant vous, avec moi... Grâce ! grâce !

LE VIEILLARD.

Ange ! tu m'attendris ; tu attendris jusqu'à la malédiction que j'ai lancée sur elles !... Eh-bien ! que le Ciel, dont tu dois être l'amie ; que le Ciel desarmé la révoque, et je ne m'y opposerai point.

CAROLINE. (*avec un cri*).

Ciel ! qui l'entendez, vous préferez la clémence d'un Père à sa colère ! Vous n'exaucerez que le dernier vœu de sa tendresse et de sa raison ! Le Ciel est miséricordieux ! mon Père le sera aussi, et pour mes Sœurs, et pour moi ?

LE VIEILLARD.

Oui, Ange ! oui, ma Fille ! Tu m'as fait entrer dans un jour tout nouveau : un nouveau jour me

luit et m'éclaire : ma raison n'est plus troublée.
(*embrassant sa Fille,*) Pense , en cet instant , que
c'est le vrai baiser d'un Père ; et avec lui , le pardon....

CAROLINE.

Le pardon de mes Sœurs !

LE VIEILLARD.

Oui ! oui , le pardon entier... Je te l'accorde...
Ah ! si mes Filles ne veulent plus m'aimer , il faut
moi , que je les aime. .. Entends-tu , Caroline ?

CAROLINE.

Doux nom ! vous faites mon bonheur! Ah ! vous
nous retrouverez toutes-trois ; mon cœur vous le
certifie... Croyez à leur repentir : nous avons toutes
trois à reparer...

LE VIEILLARD.

Quand l'imagination est troublée , comme l'homme perd la connoissance de lui-même ! Tu m'as
guéri , Caroline ! et quoiqu'il arrive , je m'aban-
donne à toi ; car c'est à toi que je veux confier la
tranquillité de mes vieux jours.... Je compte encore
sur le bonheur !

Nous le ferons..... Dieu seul en est le témoin. (*le
prennent dans ses bras.*) Venez... venez... venez.

Fin du Troisième et dernier Acte.

HENRY MARET

LE PARLEMENT

RÉFLEXIONS D'UN " SAUVAGE "
SUR LE RÉGIME

RIEDER ET C⁰ᵉ, ÉDITEURS

(ANCIENNE LIBRAIRIE E. CORNÉLY)

Place Saint-Sulpice — PARIS

MCMXX

LE PARLEMENT

HENRY MARET

LE PARLEMENT

RÉFLEXIONS D'UN " SAUVAGE "

SUR LE RÉGIME

F. RIEDER ET C⁰, ÉDITEURS

(ANCIENNE LIBRAIRIE E. CORNÉLY)

7, Place Saint-Sulpice — PARIS

MCMXX

Parmi les papiers laissés par Henry Maret et fidèlement recueillis par les soins de sa veuve, il a paru utile de publier d'abord ces pages où se retrouvent toute l'ironie et la verve mordante du « sauvage ».

LE PARLEMENT

I

J'AI appelé souvent le régime parlementaire, l'hypo-
crisie de l'arbitraire.

Il est cela ou il est l'anarchie.

De deux choses l'une, en effet, ou la majorité a un
chef qu'elle suit aveuglément, et dans ce cas, c'est ce
chef qui gouverne ; ou elle se dirige au hasard, et il
n'y a plus dans le gouvernement que confusion et
contradictions.

Ce dernier genre d'anarchie est de beaucoup le plus
mauvais, car c'est une anarchie avec un gouvernement, c'est-à-dire une pétition de principes. On a tous
les inconvénients de l'arbitraire, sans avoir aucun des
bienfaits de la liberté.

Dans le premier cas, au contraire, le cas du pouvoir personnel, le parlementarisme est le masque qui
fait accepter ce pouvoir, par les peuples imbéciles. Ils
s'imaginent être libres et ne reconnaissent pas le
loup déguisé en berger. C'est pourquoi le parlemen-

tarisme a été adopté si aisément par les différents rois de la terre.

Il faut une suite à la fable des grenouilles. Jupiter est très bon. Il a écouté, quoiqu'en dise La Fontaine, la prière des pauvres bêtes dévorées par la grue. Celle-ci les mange toujours, mais elle leur permet de coasser, et du moment où une grenouille coasse, je vous demande un peu ce que cela peut lui faire qu'on l'avale.

Le parlementarisme qui convient admirablement aux monarchies, ne peut s'appliquer à une république sans la corrompre et en détruire l'essence même.

C'est ce qu'ont parfaitement compris les auteurs de la constitution orléaniste, sous laquelle se débat la France depuis trente ans.

Ces auteurs, qui étaient des monarchistes, savaient très bien qu'en enserrant la république dans cette cote horriblement mal taillée, ils l'empêcheraient de grandir et de prospérer. De ce côté, ils ne se trompaient pas. Mais ils se trompaient en ceci, qu'ayant fait le lit du roi, ils espéraient que le roi ne tarderait pas à s'y venir coucher, et que le roi n'est pas venu.

Pourquoi ? Pour deux raisons. La première, qu'il ne s'est pas trouvé de roi disponible ; la seconde, que les royalistes ayant la monarchie sans le roi, n'ont pas cherché ce dernier avec tout l'empressement désirable.

D'un autre côté, les républicains étant au pouvoir, se sont très peu souciés d'avoir ou non la république. En sorte que ce régime batard, qui n'est ni monarchie ni république, mais qui offre les maux des deux sans avoir les avantages d'aucun, a persisté à vivre dans son lit de fer. C'est de quoi la France se meurt. C'est de quoi la France est morte.

L'arme dont la république devait mourir, a tué la nation.

*
* *

Nous avons, nous, trouvé moyen de nous fabriquer un parlementarisme tout spécial, qui n'a d'analogue dans aucun pays du monde et qui est bien l'expression la plus achevée de la platitude et de l'incapacité.

Les historiens futurs s'étonneront peut-être du tableau que leur présentera notre prétendu progrès politique.

Tout d'abord, comme base le suffrage universel, ce qui implique incontestablement le gouvernement absolu de la majorité. Comme résultat, le pouvoir perpétuel de minorités, non d'élite, mais prises parmi tout ce qu'il y a de plus médiocre et de plus raté dans la nation.

Pour expliquer cette contradiction, il faut se rendre compte du fonctionnement du système.

Grâce au scrutin d'arrondissement, il n'y a pas dans ce pays, d'élections politiques générales, il n'y que des élections locales. Nous n'avons pas une Chambre des Députés, mais une réunion de Conseillers généraux. Sauf dans les grandes villes, l'unique préoccupation de l'électeur est de se faire représenter, lui, c'est-à-dire ses intérêts particuliers ; il vote donc pour l'homme dont il attend personnellement quelque chose.

Les partisans du scrutin d'arrondissement, qui sont tous des hommes médiocres, ont trouvé, pour justifier ce mode électoral, à qui nous devons l'abaissement de la France, cette belle maxime, qui a frappé les masses, et dont ils se servent habituellement pour donner le change sur le système. Ils disent d'ordinaire : il est bon que le mandataire soit en rapports constants avec ses mandants, et que ceux-ci le connaissent personnellement.

Ceci est exact lorsqu'il s'agit de lui faire acheter

un parapluie ou d'en obtenir un bureau de tabac ; mais rien n'est plus faux lorsqu'il s'agit du gouvernement des peuples. L'électeur a moins besoin de connaître le nez de l'élu, que les idées qu'il professe ; sa confiance doit être dans la valeur intellectuelle du députés, non dans ses rapports plus ou moins intimes avec les maires et les gardes-champêtres. Richelieu, dans les conditions actuelles, serait battu par un marchand de crayons. Et c'est ainsi qu'on obtient ces Chambres que vous connaissez, lesquelles, au lieu d'être l'élite de la France, n'en sont que le rebut ; qui, loin d'être composées des plus capables, le sont des plus ignorants et des plus sots. Ces Chambres où Gambetta ne voyait déjà que des sous-vétérinaires (que dirait-il aujourd'hui !) et d'où sont bannis presque tous les talents et presque toutes les gloires.

Les électeurs ne sont même plus que très rarement mis en demeure de repousser les hommes de valeur. Ceux-ci, pour la plupart, ont cessé de briguer un honneur, qui d'ailleurs, n'en est plus un, et qui s'achète par trop de hontes. Car le scrutin uninominal a complètement transformé les luttes d'idées en luttes de personnes ; et ces dernières ont pris une acuité où le ridicule le dispute à l'odieux. Parcourez un arrondissement pendant une période électorale, vous n'y entendrez que des injures et pas un raisonnement. On ne combat pas une opinion, mais un individu ; et l'on s'efforce d'empêcher son élection, non en discutant son programme, mais en le traitant de voleur, de scélérat, et en lui attribuant toutes les infamies qu'une imagination haineuse peut inventer.

Il n'est pas un député sur lequel, avant son élection, n'aient été déchargés des tombereaux d'ordures. En sorte que, si l'on en croyait seulement la moitié, l'assemblée qui se réunit au Palais-Bourbon serait une véritable Cour des miracles, où se rencontrerait ce

qu'il y a de plus vil, de plus abject, et de plus déshonoré dans la nation.

C'est de cette façon que le pays enfante sa représentation, tellement salie avant de naître, qu'elle semble
un excrément plutôt qu'un fruit. Tout le monde
n'aime pas ce genre de baptême sous l'eau de vais-
selle, et c'est pourquoi, beaucoup qui honoreraient et
serviraient le peuple, se détournent de lui, laissant la
place aux médiocres et aux valets. Les coups de pied
au derrière reçus par les candidats, les préparent
tout naturellement à ceux qui leur sont administrés
plus tard par les ministres dirigeants.

Et il est impossible qu'il en soit autrement, le
scrutin uninominal étant donné. Quand on offre une
tête de Turc aux assistants, il ne faut pas s'étonner
qu'ils tapent dessus. Vous concentrez toutes les ani-
madversions et toutes les rancunes sur une personne,
elle est l'unique point de mire, il est clair qu'elle doit
recevoir tous les coups.

La question d'argent est une seconde cause qui vicie
l'élection, et qui écarte forcément beaucoup des plus
dignes. Ceux qui ont inventé l'ignoble scrutin d'arrondissement le savent bien ; il est pour eux *instru-
mentum regni ;* c'est la destruction du suffrage universel par lui-même.

Ces sortes d'élections ont toujours été coûteuses, et
le deviennent de plus en plus. La lutte se fait partout
à coups de billets de banque. Dans ces conditions, il
est aussi illusoire de dire que tout le monde est éli-
gible, que de dire que tout le monde est également
libre. De même que le pauvre est fatalement et de
par sa pauvreté même, obligé de céder au riche, de
même il lui est impossible d'user de ce droit de se
présenter au suffrage de ses concitoyens, droit qui
n'est pour lui qu'une ironie, comme tous ses autres
prétendus droits. Nous n'avons pas fait un pas depuis

le fameux « Enrichissez-vous » de M. Guizot. Le cens a été supprimé, mais pour les électeurs seulement.

Dans les villes, on s'en tire encore. Les dépenses sont d'abord beaucoup moins fortes ; puis elles sont d'ordinaire partagées. Il y existe ce qu'on appelle des comités. Ces comités sont composés d'hommes de bonne volonté, qui aident le candidat de toutes les manières et souvent de leur argent. Il en va autrement en province et particulièrement dans les arrondissements ruraux. Là, celui qui brigue les suffrages de ses concitoyens, puisque dans cette prétendue démocratie, il faut briguer les suffrages, et non les attendre, doit porter à lui seul tout le poids de l'élection. Non seulement, nul ne lui vient en aide, mais on peut dire que tous vivent de lui. Le minimum de ce que coûte une élection correspond à peu près à la somme que touchera l'élu pendant les quatre ans de la législature. En sorte que, même en cas de succès, la situation n'offre aucun avantage ; dans le cas contraire, c'est une perte considérable à subir.

Ce qui n'empêche pas les imbéciles de crier contre les vingt-cinq francs par jour, et tous les gens qui ont besoin d'argent de s'adresser au député, comme s'il avait le Pactole dans sa poche.

D'où il suit que dans un temps très proche, il ne restera plus pour faire partie de la Chambre, que les riches, ou ceux dont le Gouvernement voudra bien payer les frais d'élection. On continuera à appeler ça une représentation nationale.

Le candidat est tenu en effet :

1º De visiter toutes les communes de son arrondissement, et de payer les voitures qui l'y conduisent, lui et ses amis. Je n'ai pas besoin d'ajouter que pour les voitures comme pour tout le reste, les prix seront surfaits et qu'il ne lui sera pas permis de faire aucune réclamation ;

2° D'aller dans tous les cabarets sans en négliger un seul, et d'y payer à boire à tous ceux, amis ou ennemis, qui s'y présenteront. Beaucoup de cabaretiers intelligents, après avoir rassemblé les populations, joignent aux bouteilles pleines un nombre considérable de bouteilles vides, ce qui leur permet de compter le double de la consommation réelle, procédé qui fait le plus grand honneur à leur aptitude commerciale ;

3° De louer les salles de réunion, car le droit de fournir gratuitement aux insulteurs les moyens de vous invectiver est une des plus chères conquêtes de la Révolution ;

4° D'envoyer également des journaux aux électeurs ;

5° De couvrir les murs de bandes et d'affiches, impression, collage, tout à ses frais, bien entendu ;

6° D'adresser à tous les électeurs des circulaires ;

7° D'entretenir pendant plusieurs jours des porteurs de bulletins, usage d'une inutilité flagrante, mais auquel on ne saurait se dérober, bien que la plupart du temps l'unique conséquence de ces promenades, soit d'augmenter encore le profit des marchands de vin des diverses localités ;

8° De se fier aux notes qu'on lui enverra de toutes les communes, et d'en solder les additions sans jamais lésiner, bien qu'il lui soit impossible d'y rien comprendre.

En un mot, le candidat est pour chacun la bête à tondre, et qu'il se soit présenté seul ou qu'il ait été désigné, c'est tout un.

*
* *

Et voilà ce que c'est que d'avoir des candidats.

Démocratiquement, ce mot ne devrait pas exister.

La loi, qui, bêtement, non seulement reconnaît, mais exige les candidatures, devrait les interdire. Nul ne devrait être autorisé à faire acte de candidat, — on me dira, je le sais, qu'il n'en était pas autrement dans les républiques antiques, mais ces républiques en sont mortes.

On encourage tout ce qu'on devrait défendre. Mais comme le scrutin d'arrondissement n'a été inventé que pour corrompre le suffrage universel et se jouer de la souveraineté populaire, il serait superflu d'indiquer les moyens d'en atténuer les abus, puisque ce sont ces abus-là même auxquels on tient, qu'on a voulu, et qui permettent aux augures, de rire entre eux de la crédulité publique.

II

NOTRE constitution semble avoir été bâclée par des gamins en train de jouer des marionnettes et d'imiter les grandes personnes.

A vrai dire, nous n'avons pas de constitution ; et il suffit, pour s'en rendre compte, de relire l'histoire de la naissance de cet informe fœtus à qui nous devons ce faux nom, par habitude, par tradition.

L'Assemblée de Versailles, cette cohue sans mandat, ne voulait pas s'en aller, et ne voulait pas davantage faire une constitution. Elle n'avait d'ailleurs aucun droit d'en faire une, ce n'était pas une assemblée constituante. Nommé au petit bonheur, tandis que l'étranger occupait le territoire, élue en pleine tourmente, au hasard, sans direction, sans réunions préalables, sans entente impossible, alors que les départements ne pouvaient même pas communiquer entre eux, que nul ne voyageait sans la permission de l'Allemand, que Paris était encore assiégé, et que les journaux ne circulaient pas, cette Chambre, à la vérité, ne représentait rien du tout. Chose curieuse, cependant, et que je signale en passant, elle renfermait plus d'hommes de valeur, qu'aucune des assemblées qui lui ont succédé. Tant il est vrai qu'en politique comme en toutes choses, rien ne vaut l'improvisation, et qu'ainsi que je le disais plus haut, l'intimité des électeurs et des élus est plus nuisible qu'utile.

Cependant, il est certain que cette assemblée n'avait d'autre mission que de signer la paix. Tout le monde avait cru qu'une fois ce fait accompli, elle se retirerait pour céder la place à une autre. Il n'en fut rien ; et elle se maintint pendant tant d'années, qu'on put croire que cette assemblée usurpatrice, imitant le parlement croupion de Londres, ne céderait la place que jetée dans la rue par la botte d'un soldat.

Comment cette usurpation put-elle s'accomplir ? Ce fut plus spécialement grâce à la guerre civile, qu'on a appelée guerre de la Commune. La Commune avait à la fois raison et tort. Elle avait raison de refuser obéissance à une assemblée qui se disait souveraine et qui ne l'était point ; elle avait tort de légiférer à son tour, car elle non plus, n'avait aucun droit. Mais dans la lutte, le premier point seul semblait en discussion. La bonne cause était donc la cause de la Commune de Paris. C'est pourquoi elle fut vaincue.

Cette guerre pourtant, dont se servit l'assemblée de Versailles, pour maintenir ses prétendus pouvoirs, eût ce bon résultat d'entraver son œuvre anti-républicaine. Livrée à elle-même, ne trouvant aucun obstacle, cette assemblée, qui, en comptant sur l'affaissement universel, se préparait à établir la monarchie, sentit qu'il fallait gagner du temps, et que rien n'était moins sûr que son triomphe. Sans la promesse formelle de M. Thiers de conserver la république, la France eût suivi Paris, qu'elle n'abandonna qu'après qu'on l'eut persuadée que le mouvement était socialiste et non politique. C'est dans ce sens qu'il est permis d'affirmer que l'insurrection parisienne a sauvé la république. Il va de soi que si je dis insurrection, c'est pour me conformer à la phraséologie ordinaire. Il ne saurait y avoir d'insurrection, puisqu'il n'y avait pas de gouvernement, et qu'on vivait alors en pleine anarchie, — les véritables insurgés étaient les membres de l'assemblée de Versailles, qui allaient usurper le pouvoir constituant.

C'est pourquoi, si jamais il y a une constitution,

que la France a le droit de ne pas reconnaître, et à
laquelle nül n'est tenu d'obéir, c'est celle que bâcla
cette assemblée et qu'elle leur laissa le jour où, sous
la pression de l'opinion publique, elle fut obligée de
s'en aller, semblable au Parthe, qui, en fuyant, lance
la flèche suprême au cœur de son adversaire.

M. Thiers, l'un des hommes les plus néfastes qui
aient déshonoré la France, répétait quotidiennement
à ses collègues qu'ils avaient tous les pouvoirs, et
jouissaient d'une absolue souveraineté. De titres,
aucun. De cette souveraineté, il n'avait jamais été
question, et, à aucun moment, le peuple ne l'avait
délégué.

M. Thiers eut aussi cette trouvaille burlesque, et
qui aurait bien étonné les anciens, qu'il n'y avait pas
besoin de faire une constitution, dans la force du
terme, mais qu'on pouvait se contenter d'une série
de lois, dites constitutionnelles, et néanmoins revisa-
bles à volonté. S'il n'y en a pas de vrai, qu'on se contente d'à peu près, chante le chœur du Petit Faust en
parlant des maris, — M. Thiers n'était d'ailleurs pas
maladroit, il permettait à Gambetta et à ses amis de
se rallier à son orléanisme, qui, selon eux, ne devait
pas durer. Le flair du tribun fut ce jour-là à la hauteur du flair d'artilleur de Mercier.

La situation était telle :

La majorité monarchique divisée, ayant vu échouer
tous ses efforts, grâce à l'obstination de Chambord et
acculée à une révolution quelconque, n'avait qu'une
préoccupation, organiser le provisoire de telle façon,
qu'il fût impossible de le transformer en définitif sans
y ajouter le monarque manquant.

Les républicains voyaient bien le plan, mais, comptant sur la nation et sur la garantie de revision,
écoutaient Gambetta leur disant : « Votons toujours
le mot, demain nous aurons la chose. »

Et l'on vota.

La souris accoucha de cette montagne.

Nous eûmes l'arlequin le plus saugrenu, et nous l'avons encore à cette heure, et nous l'aurons encore jusqu'à une révolution, car, avec une habileté machiavélique à laquelle nos bons amis ne voient goutte, la clause de revision devait devenir lettre morte, puisque son application devait être éternellement soumise à ceux qui auraient intérêt à ne pas reviser.

C'était exactement comme si quelqu'un remettait un million à un particulier, en lui disant : « Je me garde le droit de te le réclamer, mais ce sera seulement lorsqu'il te plaira. »

Depuis ce moment, nous donnons au monde l'exemple ébouriffant d'une république démocratique ayant conservé toutes les institutions de la monarchie, soumise à une contribution absolument contraire à son principe, et vivant tout de même là-dessus tant bien que mal.

Plutôt mal que bien.

Cet exemple est peut-être unique dans les fastes de l'humanité. Il prouve que tout arrive, même l'extravagant. La république française, habillée de sa constitution, ressemble à une de ces femmes du Congo, qui s'en vont toutes fières sous les cieux avec un chapeau de parisienne sur la tête, un pied nu, l'autre botté.

Il y a eu beaucoup de mauvaises constitutions ; mais elles étaient adaptées au régime établi. Les républiques aristocratiques avaient une constitution aristocratique ; les républiques démocratiques, une constitution démocratique, les monarchies, une constitution monarchique. C'est la première fois qu'on voit une république démocratique s'affubler d'une consti-

tution monarchique, et, comme si ce n'était pas
assez, y coudre des institutions aristocratiques,
n'ayant plus d'aristocratie.

En réalité, depuis un siècle, il y a eu beaucoup de
révolutions en France ; mais il n'y a jamais eu un
changement de gouvernement, parce qu'il n'y a
jamais eu un changement de mœurs. Nous vivons toujours sous la constitution consulaire et sous la centralisation impériale. Cela même explique comment subsiste une constitution qui a l'apparence d'être autre
chose. C'est qu'elle n'est qu'une apparence. On a mis
un Sénat là où il y avait une Chambre des Pairs, une
Chambre des Députés là où il y avait un Corps législatif, un Président là où il y avait un monarque. Mais
ni l'administration, ni l'armée, ni la magistrature, ni
l'église, ni les finances, ni la bureaucratie, ni les
codes, ni les procédés du gouvernement n'ont subi la
plus légère transformation.

Je ris quand j'entends des messieurs ornés de plus
ou moins gros favoris, parler de la division des pouvoirs. Le pouvoir judiciaire est incontestablement aux
mains du pouvoir exécutif, et quant à ce dernier, il
y a entre lui et le législatif une telle confusion que le
plus souvent c'est l'exécutif qui fait les lois, et le législatif qui donne les places. Tantôt l'arbiraire, tantôt
l'anarchie. C'est entre ces deux pôles que nous flot-
tons. Le seul régime que nous ne connaissons pas est
un régime stable et logique.

III

Iᴌ y a à l'Elysée un monsieur que l'on met là sans
trop savoir pourquoi, si ce n'est parce que, grâce à
nos habitudes monarchiques, nous nous croirions
perdus si l'Etat n'était pas symbolisé par quelqu'un.

C'est le seul point par lequel notre constitution
rappelle la constitution américaine. Mais, entre la présidence des Etats-Unis et la présidence de la République française, il y a de telles différences qu'on ne
saurait comparer un moment les deux institutions.

A première vue le président des Etats-Unis semble
jouir d'un pouvoir plus grand que notre président ;
il est en effet nommé par la nation, non par le Parlement, dont il ne dépend en aucune manière. Il
choisit ses ministres comme il lui convient, et les
Chambres sont purement confinées dans leur rôle
législatif. Mais c'est bien ici où l'on voit combien les
mœurs dominent les institutions. Grâce à sa division
en états s'administrant eux-mêmes, et à des libertés
fondamentales auxquelles personne ne saurait toucher, l'autorité du président est beaucoup plus grande
tout au contraire de la nôtre, en droit qu'en fait...
Il n'est en réalité qu'un commis principal de la
nation, vivant modestement sans prestige, qu'on rencontre en omnibus, qui va à ses affaires comme tout
le monde, et qui ne pourrait, comme chez nous, enga-
ger son pays dans aucune aventure, ce qu'on a bien

vu pour Cuba, où il eût été impuissant sans la volonté exprimée du Parlement.

Car là-bas, les représentants du pays ne sont pas comme chez nous écartés de la politique extérieure et ne se voilent pas les yeux à la seule pensée qu'on pourait leur présenter des documents entraînant leur responsabilité.

Si pourtant nous avions un président jouissant des mêmes droits et de la même élection que celui des Etats-Unis, nous aurions immédiatement un dictateur. On l'a bien vu en 1848.

Car nous sommes un peuple fétichiste et respectueux. Nous oublions volontiers la fonction pour l'homme, et nous sommes enclins à l'agenouillement. Notre premier fonctionnaire, qui d'ailleurs ne fonctionne pas, devient un être tout de prestige qui serait des plus dangereux, si à ce prestige inévitable il joignait une autorité quelconque. Il serait le maître et notre atavisme nous ferait paraître cette transformation toute naturelle.

Tel qu'il est aujourd'hui, il a beaucoup plus l'allure d'un monarque constitutionnel que du premier citoyen d'un Etat démocratique. Et par les Chambres, comme jadis les rois de Pologne par leur cavalerie, et élu seulement pour un temps, il est trop pour une république, pas assez pour une monarchie. Il ne peut rien, mais nul autre ne peut davantage. La Pologne est morte de ce régime bâtard.

Son grand pouvoir constitutionnel consiste à dissoudre la Chambre des Députés, mais avec le consentement du Sénat, qui, lui, ne peut être dissous. Ainsi le suffrage universel, autrement dit le peuple, dit souverain, est mis au-dessous d'une souveraineté, chose compréhensible dans un régime monarchique héréditaire, absurde et contradictoire dans une république démocratique. Ici l'orléanisme commence à se montrer.

Vainement d'ailleurs ; la force des choses s'opposerait à cette dissolution, qui chez nous aura toujours les apparences d'un coup d'Etat, et en sera un en réalité sous peine de ne rien être, car le suffrage universel sans aucune exception, renouvellera toujours le renvoi des 363. Jamais le peuple n'admettra que, pour quelque motif que ce soit, ses représentants puissent être chassés par les autres. Il est dans la vérité démocratique, car il ne saurait y avoir ni titres, ni .droit quelconque dans des pouvoirs improvisés, qui n'ont aucune base et qui ne s'appuient sur rien, n'étant ni monarchie ni aristocratie. Le peuple ne se soumettrait que devant une personnalité dont il aurait une idole, et ce serait bien un coup d'Etat, puisque ce serait la fin de la république.

Notre premier président fut Thiers. Celui-là voulut régner et gouverner. C'était un petit homme tatillon et volontaire, d'un esprit sans grandeur, mais, nous devons le reconnaître, se souciant beaucoup plus de la réalité du pouvoir que de ses apparences. Beaucoup plus soucieux de se faire obéir que de parader, et d'appliquer ses idées que de recevoir des coups de chapeau : c'était un travailleur infatigable. Bourgeois orléaniste depuis 1830, bourgeois orléaniste il était resté. C'est pourquoi il n'eut pas beaucoup de peine à envoyer promener le comte de Paris, qui, en bonne bête qu'il était, ne représentait plus que la légitimité. Thiers eut la gloire, si c'en est une, de réconcilier l'orléanisme avec le suffrage universel, et de fonder la république bourgeoise.

Les réactionnaires lui surent gré d'avoir écrasé la Commune ; les républicains lui surent gré d'avoir conservé la république.

Bien qu'exécré par beaucoup et constamment écrasé par une assemblée qui supportait impatiemment son joug, il garda plus d'autorité que nul n'en eut depuis, jusqu'au jour où le libérateur du territoire, qui n'avait rien libéré du tout, et s'était fait donner une grosse somme pour sa maison brûlée, fut cassé aux gages et remplacé par un militaire. Il mourut en mangeant une poire laquelle devait lui rappeler les traits de son bienfaiteur Louis-Philippe, premier Roi des Français.

Ce militaire était Mac-Mahon, que la nature avait destiné à remplir correctement les fonctions de sergent-major, et que sa bonne, en même temps que mauvaise fortune, mit à la tête de nos armées. Toute ma vie je me souviendrai des dépêches que nous recevions pendant la guerre de 1870 et qui toutes se terminaient ainsi : « Le maréchal occupe une bonne position. » — Je le crois fichtre bien, disait Cham, qu'il occupe une bonne position, cent mille francs par an, sans compter les profits.

Au demeurant un brave homme, royaliste en diable, à qui on prêta plus de sottises qu'il n'en a dites, qui eut toujours le bon goût de ne pas les relever et se montra surtout bon camarade. C'est lui qui fit évader Bazaine. Honnête cependant, il le prouva en plusieurs occasions, surtout quand il se refusa à essayer d'une guerre civile. On ne remarque pas que ses aides-de-camp aient été promus commandants de corps d'armée pour avoir bien présenté la serviette, ainsi que cela s'est vu depuis.

Il s'en alla comme il était venu, ayant fait tout son possible pour contenter ses amis de la droite, jusqu'à trouver Jules Simon trop socialiste et à remettre le pays aux mains des de Broglie et des Fourtou. Ceux-ci ont gardé pour eux toutes les hontes de la période du Seize mai. Le public a eu l'intuition que Mac-Mahon les laissa faire, et ne l'en a pas rendu responsable.

Voici enfin la république établie ou ce je ne sais quoi à quoi l'on a donné ce nom. « Les âges héroïques sont finis, dit Gambetta, l'ère des difficultés commence. » Ce qu'il y aura de plus difficile, ce sera de faire mouvoir ce mannequin.

Un premier président est nommé. C'est Grévy. Celui-là fut le seul qui exerça sa fonction en démocrate. Aussi ne tarda-t-il pas à être conspué. On le traitait d'avare, parce qu'il donnait peu de fêtes, qu'il ne sortait pas, qu'il ne voyageait pas, qu'on ne le rencontrait pas parcourant la France avec une escorte de cuirassiers. Il n'alla pourtant pas jusqu'à prendre l'omnibus comme un président américain : on eut cru que c'était pour ne dépenser que six sous. Nos badauds veulent un président qui se montre. L'atavisme, vous dis-je. Rappelez-vous les fêtes du czar. Ah ! qu'on aurait voulu avoir un homme comme ça ! Et la schlague aussi, pauvres idiots !

Grévy tomba sous l'accusation dont son gendre fut victime. Ce fut le commencement de la série de scandales, qui ne devait plus s'interrompre et qui allait pour de longues années remplacer dans ce pays la politique par la diffamation. Nul ne voulut se souvenir des services rendus par ce vieux républicain et l'ingratitude universelle fut la première révélation d'un Etat vraiment démocratique

Peut-être eût-on mieux fait de commencer par autre chose ?

Je vais peu à l'Elysée, et si je vis Grévy, quelques jours avant sa démission, j'allais dire son abdication, c'est qu'il me fit appeler.

« Mais », s'écriait-il constamment pendant notre entretien, « je ne sais pas ce qu'ils ont après mon gendre, qu'est-ce qu'il a donc fait de si mal ? »

Il est certain que, pour ma part, je n'ai jamais compris grand'chose à cette affaire Wilson, et je crois que beaucoup de ceux qui l'injurient n'en ont pas compris beaucoup plus. On lui a reproché, je crois, d'avoir trafiqué des décorations, mais Méline depuis ne s'en est pas gêné, et cela ne l'a pas empêché de monter au Capitole.

Toujours est-il qu'au dernier moment, une petite réaction s'était faite en faveur de Grévy, il ne voulut pas l'utiliser et céda, en s'en allant, aux conseils intéressés de parlementaires ambitieux, qui avaient des plans, mais qui d'ailleurs ne devaient pas tarder à les voir échouer. Tant il est vrai que le sort se rit de nous.

Rien ne fut plus amusant que la comédie qui se joua aux élections du remplaçant de Grévy. Pour la première fois, on vit se poser des candidatures d'hommes de mérite, et triompher, ainsi qu'il convient, le plus médiocre, celui même qui n'y pensait pas.

J'ai dit ainsi qu'il convient, et je le répète, l'Elysée pour n'être pas redoutable, doit renfermer une bûche. Et vous pouvez compter qu'avec les jalousies suscitées par les hommes supérieurs, il n'en sera jamais autrement.

C'est là un second défaut que nous n'avons pas manqué d'emprunter aux vieilles démocraties et que nous nous sommes assimilés en l'embellissant. Nous vivons à une époque où il est incompréhensible que les parents, qui rêvent de premier rang pour leurs enfants, leur souhaitent une brillante intelligence. C'est quand ils sont corrects, forts en thèmes, doués d'une bonne mémoire et de facultés-ordinaires, que, ne portant ombrage à personne, ils arriveront à tout.

Jules Ferry, de Freycinet, Brisson, Floquet, tels étaient les noms mis en avant, je ne parle pas du général Saussier, candidat des droits, indiqué ici pour mémoire.

Jules Ferry avait succédé à Gambetta comme chef du grand parti, dit opportuniste. Il n'avait de son prédécesseur ni la popularité, ni le talent oratoire, mais il n'était point gêné comme le tribun éteint, par d'anciennes relations avec la foule. C'est de lui qu'est ce mot « Il faut savoir être impopulaire ». Il le fut toute sa vie, non sans quelque gloire. Cela avait commencé pendant le Siège, où il avait reconquis l'Hôtel-de-Ville, au 31 octobre, seul membre du gou-vernement de la Défense, qui n'eut pas perdu la tête. Moins bourgeois que Thiers, et resté Voltairien, ce qu'il montra par son article 7 et ses décrets contre les jésuites, il n'en était pas moins digne par ses opinions moyennes et sa fidélité aux vieilles traditions parlementaires, de remplacer Thiers dans la direction de la république bourgeoise. C'est ce sur quoi il comptait, et c'est ce qui le perdit. On sentit qu'on aurait un maître, un maître doux, mais un maître. Avoir à la présidence un homme qui voulut quelque chose, c'était grave, presque inconstitutionnel. Ce n'est pas qu'au Parlement, comme dans le pays qu'il représente, les âmes ne soient portées à l'obéissance, mais encore faut-il que l'homme à qui on doit obéir ait un prestige, et le prestige manquait à Ferry.

L'opinion publique se prononçait d'ailleurs violemment contre lui. On n'allait pas risquer une émeute en faveur d'un avocat, qui n'eut pas eu sur les troupes l'autorité d'un militaire.

Enfin, il avait du mérite, donc d'acharnés ennemis, et, ce qui est plus dangereux, des amis enchantés de son échec.

M. de Freycinet n'avait point, semble-t-il, les mêmes adversaires, et l'on explique plus malaisément son insuccès. Les services par lui rendus à la défense nationale, son savoir-faire, son habileté, sa courtoisie, la certitude qu'il n'influerait en rien sur la politique générale eussent dû militer en sa faveur ; mais il avait du talent et il devait échouer.

Il devait échouer d'autant plus qu'il en était réduit

à se partager les voix des ennemis de Ferry avec deux concurrents, Floquet et Brisson.

Floquet, lui aussi, était bien un président distingué ; sa réputation de probité était solidement établie, et sa situation de forte l'avait jusque-là rendu inattaquable. Il ne se doutait guère en ce moment que, plusieurs années plus tard, des polissons le traiteraient de voleur, et qu'il partagerait le sort réservé aux plus honnêtes gens, par l'envieuse démagogie. Ce n'était pas un aigle. Oh non ! Un clair de lune de Gambetta. On l'estimait ; on l'aimait. On savait qu'à l'Elysée il ferait bonne figure de démocrate, on n'en était pas encore à l'alliance russe, et qu'il eut appelé le czar Monsieur, cela ne le déconsidérait point. Mais il passait pour radical et cela diminuait considérablement le nombre de ses partisans.

Il en était de même de Brisson. Celui-ci en outre déplaisait. Son affectation d'austérité faisait craindre qu'avec lui l'Elysée ne devint triste comme un tombeau.

D'ailleurs, je le répète, ces trois dernières candidatures se nuisaient réciproquement, et Brisson, qui se croyait le plus digne et qui cependant eut le moins de voix, eut le tort de maintenir quand même sa candidature, ce qui lui porta un grave préjudice et fit se rallier un grand nombre de républicains autour du nom de Sadi-Carnot, agréé bon dernier à la répétition générale, autrement dit au vote préalable des groupes, qui lui avaient donné je crois une vingtaine de voix.

Qu'était-ce que Sadi-Carnot ? Le petit-fils de son grand-père, le fils de son père ; il avait passé par l'Ecole polytechnique et était ingénieur, comme tout le monde. Ils étaient deux frères, comme les deux Daudet, l'un du talent, qui ne fut rien, l'autre n'en ayant pas, qui devint président de la République. Ce ne fut ni sa faute ni celle de personne. Je me souviens qu'au Congrès même, comme j'étais assis sur uu banc, il vint s'entretenir avec moi des candidate sérieux, et trouvant qu'il ne faisait pas chaud, eut l'attention de relever le col de son paletot. Je ne me doutais guère que, quelques minutes après, il serait proclamé chef de l'Etat.

Tout à coup le bruit se répandit qu'il fallait reporter nos voix sur Carnot. Va pour Carnot. Pourquoi ça ? Parce que les Freycinet ne veulent pas voter pour les Floquet, ni les Floquet pour les Freycinet et les Brisson pour personne. Ferry pouvait passer, ce serait une calamité ; il faut avant tout empêcher Ferry de passer, et pour cela se concentrer sur un neutre, sur un qui n'avait ni amis, ni ennemis, n'étant pas. N'être rien, quelle chance pour être tout. On me dira, il y en avait d'autres. Sans doute, mais il n'en fallait qu'un. Et il en fallait bien un. Carnot avait pour lui d'abord le nom qu'il portait, qui ferait bien sur les affiches. Puis il était correct, oh ! si correct ! En outre, il lui était arrivé récemment une aventure à son honneur.

Comme il était ministre des Finances, un monsieur qui avait été lésé par l'enregistrement, avait réclamé l'argent qu'on lui avait pris en trop. Carnot, défenseur des droits de l'Etat et surtout de ses injustices, avait opiniâtrement refusé de le restituer. Ce fut regardé comme un acte de haute probité, et la Chambre quand elle l'avait appris l'avait acclamé sur son banc.

Ce trait d'héroïsme incomparable lui valut la première charge de l'Etat. Le réclamant n'avait pas soupçonné ce mirobolant effet de sa réclamation.

Carnot président resta non moins correct que l'avait été Carnot ministre et Carnot député. Ce fut lui pourtant qui inaugura les marches triomphales, et l'on put dire qu'il fut puni par où il avait péché, puisque c'est dans l'une d'elles qu'il trouva la mort.

Je ne sais s'il aimait autant que cela le panache, et je serai même porté à croire qu'à l'inverse du parvenu Félix, les représentations l'ennuyaient parfois, — il n'en faisait rien paraître, étant trop correct pour cela. D'ailleurs, qu'est-ce qui paraissait sur sa figure? Savait-on s'il était triste ou gai ? Rien ne l'indiquait. On le peignait en bois. Son sourire stéréotypé avait une certaine grâce, sa banalité était parfaite. Au demeurant très faible, il fut dominé par son entourage qui l'emmenait en tournée, et le montrait aux populations, histoire de faire aller le commerce. Il partait, décorait, repartait, redécorait, revenait, le tout sans un pli à son habit, sans un poil de barbe dépassant l'autre. Sa femme était parvenue à le cléricaliser ; et il était mort victime des arrêts qu'il signa sans avoir grande envie de les signer.

Un peu à son insu, par sa vie et par sa mort, il inaugura l'ère des présidents jouant aux monarques. La tendance nationale l'y poussait. L'atavisme reprenait ses droits. Les Français crient volontiers « Vive la République » lorsqu'ils ont un roi ou un empereur, parce que le Français est né frondeur et qu'il adore crier ce qui peut le faire mettre en prison. Mais quand on les prend au mot et qu'on leur donne la république, les Français sont très embarrassés. A vrai dire, ils ne savent qu'en faire ; ils n'iront jamais jusqu'à crier « Vive le roi » parce que la contradiction serait vraiment trop forte ; mais, comme on chante dans une opérette d'Hervé, « Faute d'un vrai, ils se contentent d'un à peu-près ».

Le monsieur en habit noir les chiffonne bien un peu. Ils préféreraient un plumet, des épaulettes, un casque à la Mangin ; ils sont légèrement humiliés de s'incliner devant un monsieur vêtu comme eux ; au demeurant, cela vaut toujours mieux que de ne pas s'incliner du tout. C'est une habitude à prendre ; Carnot fit assez aisément prendre cette habitude. Ce mannequin suffisait à la bassesse générale ; d'ailleurs ne distribuait-il pas des croix ? « Après tout, il faut bien respecter quelque chose », disait une vieille dame. Oui, Madame.

Le successeur de Carnot, Casimir-Perier, dut également son élection au nom qu'il portait. La réaction comptait beaucoup sur lui ; et le peuple s'en méfiait. On sait comment, au bout de quelques mois, pris d'un dégoût subit, il envoya tout promener et rentra soudain dans la vie privée.

Thiers menaçait constamment de donner sa démission et ne la donnait jamais ; Casimir-Perier la donnait de tout, à tout bout de champ, à propos ou hors de propos. Il était né démissionnaire. On n'a jamais su le fin mot de sa dernière démission. Peut-être a-t-on beaucoup cherché midi à quatorze heures, et a-t-il simplement profité de la première occasion pour s'évader d'une fonction dont les corvées l'obsédaient.

Quand il démissionna, le corps électoral fut plus décontenancé qu'il ne l'avait jamais été. On ne voulait pas de Brisson, toujours prêt. Floquet et Freycinet avaient été coulés par Panama. Qui choisir ? On n'avait que l'embarras entre toutes les médiocrités ; mais pourquoi celle-ci plutôt que celle-là ? Qui allait-on faire Dieu, puisque Dieu il y avait à faire ? Qui allait-on proposer à l'adoration des hommes ? Sur quel âne allait-on charger les reliques ?

La majorité modérée, qui était sûre de l'emporter, songea un instant à Waldeck-Rousseau. Il avait trop de talent et trop de volonté, cela ne pouvait pas faire l'affaire. Des dynasties, il ne restait que Cavaignac. Trop jeune, trop déplaisant : personne ne songea à lui, si ce n'est lui-même, et il n'osa pas le dire. Son fiel s'en accrut d'autant.

Quel fut le premier qui prononça le nom de Félix Faure ? J'estime que ce dut être un farceur, qui s'attendait à un éclat de rire. Quelqu'un dut répondre : pourquoi pas ! Il n'en fallut pas davantage.

L'ancien commis-voyageur n'avait ni amis ni ennemis. Pas mauvais garçon, on l'avait fourré décemment à la Marine, où il avait fait ses petites affaires, en compromettant celles du pays. Il portait des guêtres et un chapeau gris, ce qui le faisait taxer d'élégance par les snobs. Pourquoi pas Félix Faure ? Au fait !

Il fut nommé. Il régna. Ce fut un homme heureux. Vous pouvez être assuré que celui-là n'eût jamais démissionné. Il se prenait absolument au sérieux, ne sortait jamais sans une escorte de cuirassiers, ne se lassait pas d'être contemplé par les concierges massés sur les trottoirs, exigeait que toutes les autorités fussent debout sur son passage dans ses promenades les plus familières, et croyait fermement que l'humanité lui savait gré de circuler dans tous les départements, au milieu des orphéons et des fanfares. Il fut aussi réjouissant qu'encombrant, toute sa politique consistant d'ailleurs dans la résolution arrêtée de garder sa place. La vie qu'il mena mettrait sur le flanc l'homme le plus robuste. Lui visitait. Toujours en représentation, il ne s'accordait pas une minute de repos. Jamais on n'a tant travaillé à choses plus inutiles.

Croix reçues, croix données, visites aux hôpitaux, collèges, maisons de ceci ou de cela, inaugurations de monuments, depuis le musée jusqu'à l'urinoir, comices agricoles, voyages pour saluer les princes, cet homme était partout où il ne servait à rien. Ce fut l'énorme mouche du coche national. Il avait autant d'habits que Girardin avait d'idées, en déplorant amèrement que ces habits fussent uniformément noirs. Et ce qu'il y avait de pis, c'est que ce décorum l'amusait.

Son nom restera attaché aux ridicules du protocole. Ce fut M. Jourdain dans toute sa naïve importance, et l'on se demande comment il pouvait assister sans broncher à une représentation du *Bourgeois gentilhomme.*Il se fit faire des armes, et on ne lui ôta pas de l'idée que ce fut à ses mérites personnels que nous devons l'Alliance russe, et qu'il nous représentait dignement devant l'Europe.

La vérité est que l'Europe rit de lui et de nous.

Tout cela ne serait que bouffon, si malheureusement on ne devait pas y voir un signe de tempérament national.

Sa mort imprévue, son remplacement par Loubet, sont des événements connus de tous. J'aurai plus loin l'occasion de revenir sur le président actuel, dont la simplicité et la modestie contrastent tellement avec la sotte vanité de son prédécesseur, que le laquais qui sommeille dans l'âme de tout Français en est parfois décontenancé.

Tels ont été nos présidents, et l'on n'aurait su les mieux choisir pour démontrer l'absurdité de l'institution présidentielle.

IV

L A constitution nous a en outre gratifiés de deux chambres, qui, bien qu'élues d'une façon différente, ont exactement les mêmes attributions.

Le bon sens indique que, lorsqu'on a quelque chose à discuter, il faut être un ou trois. Si l'on est un, on fait ce qu'on veut, si l'on est trois, et qu'il y ait deux avis différents, il y en a un qui départage, et qui constitue une majorité dans un sens. Mais être deux c'est le comble de l'ineptie. Il est clair qu'on ne peut aboutir qu'à la condition d'être toujours du même avis. Le jour où les avis diffèrent, si chacun s'obstine, quelle sera la solution ? zéro.

C'est en effet ce zéro que les fabricants orléanistes de la constitution ont voulu ; et, en ne donnant le dernier mot à aucune des deux Chambres, ils savaient admirablement ce qu'ils faisaient. Ils savaient surtout qu'ils ne faisaient rien. Il leur suffisait d'avoir la majorité dans l'une des deux Chambres, pour condamner l'autre à l'inaction.

Cependant, il y a des choses qu'il faut voter tout de même ; entre autres, le budget. Comment faire, si un beau jour les deux Chambres s'avisaient de se le renvoyer au nez, comme deux joueurs de volant ?

La rescousse serait le droit de dissolution. Sans doute, mais on n'a pas prévu deux cas ; le cas où précisément le Président de la République partagerait l'avis de la seule Chambre, qu'il peut dissoudre ; puis l'autre cas, plus probable, où le pays réélirait les mêmes députés, plus obstinés que devant.

Alors quoi ? L'impasse. « Bah ! pensaient les orléanistes, pour ce que cette République durera, elle n'a pas besoin d'une constitution sérieuse. — Bah ! pensaient les républicains, pour ce que cette constitution durera, peu importe comment elle sera bâclée. » Le malheur est que constitution et République ont duré, l'une portant l'autre. Et la pauvre République ne ressemble pas mal à ce personnage d'un conte oriental, qui avait chargé un aveugle sur ses épaules, et ne pouvait plus s'en débarrasser.

Lorsque Déjanire voulut se venger d'Hercule, qui lui préférait une autre femme, elle lui fit cadeau de la fameuse robe du centaure, qui, revêtue par le héros, le tortura si cruellement, qu'il ne trouva de refuge que dans la mort.

Le peuple français ayant préféré la République à la Monarchie, celle-ci l'a gratifiée de cette constitution-cadavre, et, s'il ne trouve pas moyen de s'en défaire, il finira, lui aussi, par expirer au milieu des calamités.

N'attribuez pas les scandales des dernières années à une autre cause qu'au vice constitutionnel, qui a empêché, et empêche encore d'organiser la République. Si l'on eût organisé la République, nous n'aurions pas maintenu toutes les institutions impériales en les avilissant. Nous n'aurions pas un état-major pourri, une magistrature immonde, une administration coûteuse et tracassière, un parlement conspué ; et l'avachissement partout, et partout l'anarchie.

Aujourd'hui tout cela tombe en poussière ; et c'est tant mieux. Malheureusement le malade n'a plus la force de secouer le manteau qui le consume ; et l'on ne voit plus debout sur les ruines de toutes les croyances et de toutes les énergies que Basile vainqueur, égal aux Dieux.

*
* *

Lorsque je pénétrai pour la première fois dans l'enceinte législative, il s'y faisait encore de la politique. Ces temps, bien que rapprochés, paraissent si loin de nous, qu'il me semble, quand j'y reporte mes pensées, que c'est un rêve que j'ai fait autrefois ou une lecture, dont le souvenir m'est resté. La Chambre n'était pas devenue cette halle, où des cris d'animaux soulignent des propos de harengères. Quelques intelligences émergeaient de la cohue.

Il y avait d'abord Gambetta, qui fut, j'en conviens, très surfait, et justifia le proverbe, qu'au pays des aveugles les borgnes sont rois. Il apparaît cependant aujourd'hui comme un homme d'Etat, ce qu'expliquent les médiocrités ambiantes. On doit beaucoup lui pardonner, parce qu'il crut sincèrement avoir fondé la République. Il ne se dissimulait pas d'ailleurs la faiblesse de son œuvre, lui qui disait : « Nous entrons dans des difficultés », et qui, s'épanchant un jour dans le sein d'un ami, concluait par ces mots : « J'ai bien peur que tout ceci ne soit à recommencer. »

Hélas ! oui, il faudra tout recommencer. Mais recommencera-t-on jamais ? Les caractères sont si faibles, les âmes sont si basses, et nous sommes tellement dérogés, que je considère parfois la route comme définitivement perdue..

Très correct, possédant un réel talent de paroles, il se traînait nonchalamment à la tribune, donnant impression d'un homme ennuyé, et qui condescend à répondre. C'était peut-être là le secret de sa force. Rien n'impose aux hommes comme l'apparence de l'indifférence. Nul n'eut plus que lui cette apparence de l'indifférence, et les applaudissements les plus nourris n'arrivaient pas à dégeler son énigmatique sourire.

Bien qu'il soit loin de ma pensée d'écrire une histoire parlementaire, je dois indiquer en quelques traits les causes de la scission profonde, qui se fit à cette époque dans le parti républicain, et le sépara en deux grandes fractions, connues sous le nom d'opportunistes et de radicaux.

On sait que cette scission dura jusqu'au boulangisme, qui enfanta un nouveau classement de partis, où se confondirent les éléments les plus hétéroclites, en attendant que, la confusion s'aggravant chaque jour par l'entrée en scène des socialistes, des antisémites et des ralliés, en en arrivât à ne plus faire de politique d'aucune sorte, et à ne plus se diviser qu'en honnêtes gens et en gredins.

Il va sans dire que, dans chacun des deux camps, ce sont ceux qui sont dans l'autre qu'on appelle gredins ; mais, il n'est pas malaisé de s'y reconnaître, et les étrangers ne s'y trompent pas.

La cause première fut le vote de la Constitution. Gambetta et les siens, en se ralliant à cette œuvre. devinrent subitement des centre-gauche, et le fou furieux accepta la politique de M. Thiers.

Il n'était pas possible pour de vrais démocrates de rester rangés sous cette bannière, qui était celle de la République sans républicains.

Tout le mal vint de là. Nous n'avions pas notre République, nous n'avions même pas la République du tout.

Bientôt une autre cause de scission se trouva dans la politique nécessairement suivie.

Ceux qui étaient au pouvoir étaient les jacobins, mais les jacobins assagis, devenus des impérialistes inconscients. Leur principe d'autorité se satisfait des institutions de l'an II ; et du moment où ils n'avaient plus l'empereur, — et où l'empereur, c'était eux, — il n'y avait plus rien à reprendre à rien.

Les programmes de 1869, les rêves de l'union libérale de Nancy, autant de feuilles mortes balayées par le vent d'automne.

Le parti dit radical les ramassa, et, se formant en parti d'opposition, grossit de jour en jour, à la grande rage de ceux qui trahissaient, et qui n'en criaient pas moins qu'on les abandonnait. Mais il faut croire que ces feuilles étaient bien mortes, car, à l'heure qu'il est, nous ne sommes pas encore parvenus à ramener la sève dans les vieux chênes.

De là une chambre partagée en trois tronçons, comme l'Allemagne de Rouher. Un centre énorme, allant du vieux centre gauche thiériste au jacobinisme gambettiste ; puis une gauche et une droite, également irréductibles, opposées pour le but, mais s'entendant parfois sur le moyen, qui était le renversement du jacobinisme modéré.

Rien de plus explicable et de plus naturel que cette entente, qui, tant de fois, a été reprochée aux radicaux par les mêmes gens qui devaient, plus tard, non plus se servir des royalistes, mais leur obéir servilement.

Nous autres, qui voulions la liberté, et qui, n'étant pas encore pourris par les intrigues parlementaires, ne songions qu'à voter ce que nous croyions juste et vrai, nous ne nous occupions nullement de ce que pouvait faire la droite, et nous ne nous inquiétions pas de savoir si elle nous suivait ou non. Nous obéissions simplement à notre conscience.

La droite nous suivait souvent, parce qu'à cette époque la droite était composée d'hommes intelligents, dont beaucoup étaient sincères. Ils sentaient que l'intolérance était du côté du gouvernement et que notre République, à nous, si nous parvenions à l'établir, ne serait tyrannique pour personne. La droite n'avait pas encore, comme Esaü, vendu son droit d'aînesse pour un plat de lentilles. Elle nous abandonna le jour où, faisant bon marché de la liberté et des principes, elle ne songea plus qu'à dîner chez l'Amphitryon où l'on dîne ; le jour aussi où, devant la marche ascendante des idées socialistes, elle sacrifia le droit à ses intérêts et comprit que ce qu'il fallait sauver avant tout c'était la caisse. Meurent les principes plutôt que les colonies ! La question ne fut plus politique, mais économique ; et l'on fit la grande alliance des exploiteurs contre les exploités.

Dans le sein même du parti radical, dont le plus brillant leader était Clemenceau, il ne tarda pas à se former un petit groupe, plus particulièrement attaché aux idées de liberté et plus radical, si j'ose le dire, car il entendait ne se prêter à aucune manœuvre, et le parlementarisme était à ses yeux comme s'il n'existait pas. La plupart de ceux qui le composaient sont morts ou disparus ; c'étaient Anatole de La Forge, Barodet, Giard, Laguerre, Laisant, qui, chose curieuse, tournèrent au boulangisme ; qui encore : Desmons, de Lanessan, moi. Etions-nous une quinzaine ? Tout au plus. Ce groupe devait durer ce que dure la vérité : l'espace d'une session.

En résumé, les républicains s'étaient divisé tout naturellement en républicains demeurés républicains, et républicains qui ne l'étaient plus. Ces derniers avaient d'abord été de bonne foi : ils s'étaient crus de grands politiques en sauvant la République des griffes de ses ennemis. Mais ils n'avaient préservé la forme qu'en abandonnant le fond. A ce fond, qu'ils s'étaient proposé d'améliorer, dès qu'ils s'y furent établis, ils le trouvèrent bon et suffisant. C'est pourquoi ils ne tardèrent pas à se proclamer républicains de gouvernement, autrement dit : républicains conservateurs du gouvernement qui n'était pas la République.

Tout ce qui leur avait paru mauvais quand ils n'en profitaient pas leur parut excellent lorsqu'ils en profitèrent. C'est ce qu'ils appelaient changer de point de vue. Il est certain que le point de vue diffère beaucoup selon qu'on est au sommet de la montagne ou au-dessous.

Ceci ne faisait point notre compte, non plus que le compte de tous ceux qui, fidèles aux principes, avaient voulu, non changer de gouvernants, mais changer de gouvernement. Nous devînmes subitement des hommes de désordre et qui n'étaient jamais contents de rien.

Il était pourtant certain, et il est encore certain aujourd'hui pour qui ouvre les yeux et regarde, que rien n'a été transformé dans les institutions du passé. Administration, armée, magistrature, tout sort du même moule ; et les mêmes causes enfantent les mêmes résultats. La République, faussée dès son enfantement, ne s'est pas redressée et demeure la caricature des régimes abolis. Je ne suis, pour ma part, jamais sorti de ce dilemme : « Si c'était bien, il fallait s'y tenir ; et, si c'était mal, pourquoi le conserver ? »

Les républicains se trouvaient donc encore en minorité dans la République, comme ils y ont été jusqu'à ce jour. Tous les maux qui sont survenus depuis sont dûs à cet escamotage et à cette confusion. Nous les avions tous prédits : mais on sait combien peu fructueux est le rôle de Cassandre.

V

IL ne me fallut pas longtemps pour me convaincre de l'importance du parlement, et de la puérilité de ses discussions.

Tout y est merveilleusement combiné pour empêcher d'aboutir ; et je ne connais pas de machine plus ingénieusement ajustée pour moudre à vide. C'est le maximum d'efforts pour le minimum d'effets, c'est-à-dire le contraire du bon sens. Un travail gigantesque enfantant le néant. Le *ridiculus mus* est dépassé, car les rats dont accouche cette montagne ne sont même pas vivants.

Des mots, des mots, des mots. Le parlementarisme est incontestablement le système idéal des gouvernements qui veulent se donner l'apparence de la vie, sans en avoir la réalité. Beaucoup de bruit, peu de besogne. Devant l'inanité de ce fracas, peu à peu le philosophe se dégoûte et se résigne.

Si tout était bien, ou tout au moins aussi bien que possible, s'il n'y avait rien à faire ou, ce qui revient au même, si rien n'était faisable, le mécanisme aurait sa raison d'être. Que les Danaïdes versent de l'eau qui s'écoule toujours, c'est une occupation comme une autre, et le capitaine dirait que cela vaut mieux que d'aller au café. Encore faudrait-il que la contrée n'eût pas besoin d'être arrosée.

Dans tout le cours du dix-neuvième siècle, la France, sous des noms différents, n'a connu que deux sortes de gouvernements, celui des soldats et celui des avocats, le premier faisant du mal, le second ne faisant rien. Quant au gouvernement qui ferait du bien, il est encore dans les rêves de l'avenir.

J'ai toujours vu, dans les assemblées, un petit nombre de gens obscurs travailler dans les coins, sous le sourire bienveillant des malins ; et ils m'ont fait l'effet de ces mouches qui tournent avec une surprenante activité, paraissant très pressées de toucher un but et n'arrivant jamais nulle part. En dehors de ces laborieux inutiles, il y a la masse, et les malins ci-dessus désignés.

La masse n'a qu'une occupation : écrire à ses électeurs.

L'électeur, en effet, j'ai dû déjà le dire, est rarement un homme que touchent beaucoup les intérêts de l'Etat. Son député, celui en faveur de qui il a émis un vote, lui semble avoir pour principale, sinon pour unique mission, de lui être personnellement utile.

La politique générale, extérieure ou intérieure, les réformes économiques ou sociales, de bonnes lois remplaçant les mauvaises, voilà qui est bien ; mais un avancement, une décoration, un emploi, voilà qui est mieux. L'électeur tient donc avant tout d'être en correspondance avec son élu ; et il pardonnera beaucoup plus volontiers d'avoir voté contre un article de son programme que de n'avoir pas répondu à sa lettre, où il sollicitait une recommandation.

C'est un beau spectacle que présentent, les matins des jours de réception, les antichambres ministérielles. Majestueux, les huissiers ont des listes, où se sont fait inscrire d'avance les malheureux représentants de toutes les ambitions locales de la France. Comme ils ne peuvent pénétrer que chacun à leur tour, ce sont parfois des heures d'attente interminables. Et il faut les voir, affairés, sauter en voiture, courir d'un ministère à un autre, retourner, revenir, s'éponger le front avec un mouchoir, lamentables solliciteurs sollicitant toujours pour les autres, et que poussent, des lettres aux reins, des milliers de correspondants, la plupart inconnus.

On a eu raison de transformer le beau nom de représentants du peuple en celui plus modeste de députés. Représentant du peuple, c'était un beau titre ; cela signifiait que le peuple vous avait délégué sa souveraineté, que vous teniez lieu et place du souverain, et qu'en cette qualité vous dirigiez et gouverniez. Député, cela est plus exact. Vous êtes député, c'est-à-dire envoyé. Pourquoi faire ? Tout ce qui concerne votre état, acheter les parapluies, placer les enfants en nourrice, obtenir les bureaux de tabac, arranger les procès, et au besoin voter pour ou contre une loi, non selon qu'elle vous paraît bonne ou mauvaise, mais selon qu'elle peut faire arriver vos amis ou vos ennemis au pouvoir.

Le pouvoir, c'est de cela qu'il faut parler maintenant, et c'est ici que nous allons rencontrer les malins.

Les malins ! sont-ils vraiment malins ? Et est-ce être malins que d'être vaniteux ? Le plaisir de s'entendre appeler M. le ministre par les imbéciles vaut-il les ennuis, les tracas, les soucis de toute nature que vous apporte l'exercice d'un pouvoir, d'ailleurs imaginaire, car il y a beau temps qu'il n'y a plus de pouvoir en France.

Le désir d'habiter un bel hôtel, et de rouler dans des voitures, dont le cocher porte une cocarde, peut tenter les femmes, d'abord parce qu'elles sont frivoles, et ensuite parce que ce sont elles qui en profitent. Car il faut bien le dire, puisqu'elles ne cessent de gémir, selon le besoin incessant de leur nature, les femmes seules jouissent dans notre société de ce qu'on est convenu d'y appeler le bonheur.

La femme a tous les avantages de la position conquise par son mari, sans en partager aucun des inconvénients. Tandis que le malheureux s'use, soit à travailler comme un nègre, soit à recevoir les injures et les crachats, qu'il hésite, qu'il craint, qu'il n'a pas une minute de tranquillité, la femme, elle, qui se trouve être ce qu'elle est, parce qu'ainsi l'a voulu le hasard, passe sa journée à trôner, à chiffonner, à se pavaner dans les fameuses voitures, n'ayant d'autre souci que de faire une scène à son mari en rentrant, et de lui dire : « J'espère bien que tu ne te laisseras pas mettre à la porte aussi aisément que ton prédécesseur ! »

« Quelque grande que soit la maison, on n'a jamais qu'une chambre », disait avec raison le duc d'Aumale. Et le noble Esterhazy ajoutait : « Tout ça ne vaut pas une bonne pipe ! »

Une bonne pipe ; où diable trouverait-il le temps de la fumer, ce pauvre ministre, qui, levé dès l'aube, est obligé d'écouter des centaines de visiteurs, qui s'en va ensuite dans des commissions ou dans des séances parlementaires pour y discuter des questions, auxquelles les trois quarts du temps il est complètement étranger, et qui le soir endosse son habit dans un coin, afin d'offrir ou de se faire offrir un exécrable dîner. Son unique vénération est d'ouvrir les journaux et de reconnaître qu'à l'exception de ceux qu'il a arrosés de sa manne, tous le traitent d'ignoble crapule, de parfait imbécile, ce qui est la caractéristique des polémiques politiques de notre époque.

Cette félicité tente pourtant tous les membres du Parlement, et il n'en est pas un qui ne crève de jalousie, en apprenant le choix qu'on a fait d'un de ses collègues, choix, je le reconnais, injustifiable, mais ni plus ni moins qu'aurait été le sien.

Si maintenant vous me demandez comment on s'y prend pour devenir ministre, je vous déclarerai que cela est pour moi un mystère impénétrable.

Un jour, un de mes collègues, non des moindres, me tint le langage qui suit :

« Expliquez-moi pourquoi l'on ne m'a jamais offert un portefeuille, et que faut-il pour devenir ministre ? Je regarde tous ceux qui le sont ou qui l'ont été, et il m'est impossible de trouver une raison pour laquelle on les a choisis plutôt que moi.

« J'admets que Jacques soit cocu, mais je suis aussi cocu que Jacques. Pierre n'a jamais fait un discours, je n'en ai pas fait davantage. Etienne est regardé par tout le monde comme un farceur, je n'ai pas meilleure réputation. Barnabé est ici depuis six mois, il est ministre ; j'y suis depuis vingt ans, je ne le suis pas, et pourtant je suis aussi bête que lui. »

On n'explique pas l'inexplicable. La vérité est que je n'en savais et que je n'en sais encore absolument rien.

Si j'avais à indiquer, mais très timidement un point de vue approximatif, je dirais que le plus généralement les petits portefeuilles sont donnés à des imbéciles, et les gros à des roublards. L'homme qui se contente d'être intelligent, sans être roué, ne fera jamais partie du gouvernement.

Depuis quelques années, autrement dit depuis l'affaire de Panama, il s'est même introduit un nouveau procédé pour constituer des ministères. Tandis qu'autrefois on faisait appel aux hommes expérimentés, on s'est plu à confier l'autorité à de jeunes fumistes, en alléguant pour raison qu'ils n'avaient pu prendre part à aucune affaire sérieuse, puisqu'alors ils n'étaient pas nés. C'est de la vertu relative. Chose étrange, ces cadets ont été encore plus nuls que les aînés qu'ils avaient remplacés.

Ceci n'a pas peu contribué au discrédit dans lequel est tombé le régime parlementaire ; car dans le public on a généralement pensé que ce régime ne fournissait que des sots, quand il ne fournissait pas des fripons.

On ne s'est d'ailleurs pas demandé si ceux qui étaient traités de fripons l'étaient réellement ; car nous vivons dans un pays, où il suffit qu'un voleur vous appelle voleur pour que nul ne doute que vous avez volé.

VI

IL n'est peut-être pas très surprenant que, ces habitudes étant données, et le pli étant pris, nous soyons arrivés à la devise actuelle.

L'histoire de la république parlementaire, telle qu'elle s'est constituée depuis le 16 mai, c'est-à-dire depuis l'année où Gambetta a dit que l'ère des difficultés allait succéder à l'ère des héroïsmes, peut se partager en deux phases : la phase des hésitations et la phase des scandales.

La première s'étend du commencement de Grévy jusqu'à Boulanger ; la seconde de Boulanger jusqu'à nos jours.

M. Thiers avait dit autrefois que chez nous les républiques finissaient toujours dans l'imbécillité ou dans le sang. Il serait plus exact de dire qu'elles meurent dans le sang, mais qu'elles vivent dans l'imbécillité.

Lorsque la république fut définitivement fondée, c'est-à-dire après le Mac-Mahonet, les républicains furent fort embarrassés, ils s'entre-regardèrent et se demandèrent ce qu'ils allaient faire. Il y avait bien un vieux programme qui traînait depuis l'Empire dans les bas-fonds électoraux et dont on aurait pu maintenant qu'on était les maîtres, poursuivre la réalisation. Mais il n'en fut pas plutôt question que les républicains se divisèrent, la minorité tenait mordicus à ce programme, mais la majorité pensait qu'on avait bien autre chose à faire, et que puisqu'on était les maîtres, on n'avait qu'à gouverner comme on avait gouverné. Les programmes sont armés d'opposition. C'est alors qu'on invente le mot : républicains de gouvernement, autrement dit, républicains qui ont cessé de l'être. Et l'on dit aussi: La république est un gouvernement comme un autre, ce à quoi il était permis de répliquer : alors ce n'était pas la peine d'en changer.

Etant un gouvernement comme un autre, ce gouvernement dut faire comme tous les autres, c'est-à-dire distraire par des complications extérieures les revendicateurs des droits politiques et sociaux. C'est à quoi excella Jules Ferry ; et nous vîmes naître la politique coloniale qui, on peut le dire, a été à peu près l'unique témoin de bataille pendant cette première période.

Jules Ferry avait eu une idée, qui n'était pas sans grandeur, bien qu'elle fût fausse et absurde ; et c'est même parce qu'elle était fausse et absurde qu'elle a fini par triompher, au moins partiellement. Jules Ferry, très sincère à mon sens, s'était imaginé prendre une revanche bizarre de nos désastres, en faisant de la France une grande puissance coloniale et la rivale de l'Angleterre.

Jules Ferry n'avait pas méconnu que, pour que ce projet pût réussir, il y fallait tout d'abord l'abandon de nos provinces perdues, et la réconciliation avec l'Allemagne. Se mettre à dos l'Angleterre tout en gardant à dos l'Allemagne, cela est bon pour des fous comme les nationalistes, mais Jules Ferry n'était pas tout à fait idiot. Il fallait choisir, ou d'être irréductible vis-à-vis de l'Allemagne ou d'accepter la conquête, et de tourner tous ses efforts vers les expéditions lointaines.

Cette dernière politique eût-elle été la meilleure et la plus sage qu'elle eût, en tout cas, eu le défaut de la jument de Roland ; elle ne pouvait être. Pour

la mener à bien, il eût fallu préalablement détruire
en ce pays tout souvenir des hontes bues, toute la
dignité de vaincus qui ne consentent point à la
défaite. C'était supprimer tout idéal, et faire des
Français, peuple tout de passion, une nation exclusivement pratique, guidée par son propre intérêt.
Un peuple ne saurait se transformer ainsi. L'œuvre
de Jules Ferry devint donc d'autant plus difficile
qu'il fut obligé d'en cacher les conditions, et de ne
paraître pas nous affaiblir vis-à-vis de l'Allemagne,
tout en disséminant nos forces et nos efforts dans
toute l'étendue des mers.

Donner et retenir ne vaut, dit une formule de
droit. Cette opération compliquée, qui consiste à
courir deux lièvres à la fois, nous a amenés dans
une situation tellement embarrassée et inextricable
que nous avons été obligés d'en passer par tout ce
qu'a voulu l'Angleterre, de peur d'une guerre désastreuse avec elle, et que nous sommes absolument
désarmés vis-à-vis de l'Allemagne, qui n'a plus rien
à craindre de notre vengeance. Nous sommes si bien
embarbouillés, que nous avons été réduits à nous
jeter entre les bras de la Russie et à devenir les
domestiques d'un souverain qui se moque de nous.

Ainsi la dernière moitié du xixe siècle aura mar-
qué la fin de l'influence française dans le monde.
Il est inutile de nous illusionner. Nous n'y sommes
plus rien du tout. Avec un zèle que rien n'a décou-
ragé, ce fou de Napoléon III, qu'on eût dit poussé
par quelque sinistre Méphistophélès, a détruit toute
l'œuvre colossalement poursuivie par les Sully, les
Richelieu, les Colbert et les Napoléon. Il a fait l'unité
italienne, laissé faire l'unité allemande, autrement
dit rétabli de ses propres mains l'empire de Chrales-
Quint. A cette heure, tout est à recommencer du
travail de trois siècles. Ce pygmée a détruit l'édifice
des géants.

Trente ans de république ont achevé notre décadence. Alors qu'il eût fallu se replier, on s'est dispersé. Nous avons répandu nos troupes et nos millions dans l'univers, conquérant des déserts, battant des sauvages, et opposant, non sans quelque ridicule, les lauriers de la campagne du Tonkin aux cyprès de la campagne de France. Nous sommes partout ce qui équivaut à n'être nulle part ; nous avons Hué, Tombouctou, Madagascar, Tunis, mais nous n'avons pas Strasbourg, et nous ne l'aurons plus jamais, car, le jour où nous abandonnerions ces colonies, qui nous ont coûté si cher, et qui ne nous rapportent rien, d'autres peuples y entreraient, et une grande guerre européenne serait le signal de cette nouvelle perte. Je comprends que les colonies nous soient précieuses : car, à nous en emparer, nous avons perdu plus que de l'or et du sang ; nous avons perdu notre honneur (1).

✶
✶ ✶

Les querelles suscitées par les divisions entre coloniaux et anti-coloniaux furent à peu près, pendant ces années, tout ce que le pays eut à se mettre sous la dent.

Du mécontentement général sortit le boulangisme.

Si l'homme eût eu plus d'envergure, ou si seulement on n'eût pas eu présentes à l'esprit les conséquences effroyables d'une dictature belliqueuse, l'entreprise eût peut-être été couronnée de succès. Rarement occasion fut plus favorable. Tout d'abord l'homme manqua à l'occasion.

C'était un curieux type que celui de ce soldat aimable, bien propre, lui aussi, à jouer ce rôle de voyageur de commerce endimanché, qui plus tard

____

1) L'entente cordiale avec l'Angleterre contre l'Allemagne est aujourd'hui notre seule planche de salut.

fit prôner Félix Faure par nos snobs comme le prototype de l'élégance. Sa cravate à pois égale la réputation de son cheval noir. Il fut la coqueluche des femmes, ce qui d'ailleurs le perdit ; et celles-ci se rejetèrent sur un amiral russe, car elles ne sont point exigeantes sur la beauté des mâles qu'elles honorent de leurs faveurs.

Boulanger, qu'on avait surnommé en Tunisie le général Havas, parce qu'il ne pouvait pas traverser la rue pour aller chez son coiffeur, sans que la terre en fût informée par le moyen des journaux auxquels il envoyait des notes, s'était présenté comme radical, ce qui n'était pas bête. Il s'était souvenu qu'on arrive toujours par les partis avancés, et qu'on en est quitte ensuite, afin de s'en débarrasser, pour en faire mettre les chefs en prison. Sans remonter jusqu'à César, on sait que les deux Bonaparte n'ont pas procédé autrement, le premier ayant été l'ami de Robespierre, et le second ayant été socialiste et carbonaro. Boulanger se contenta d'être l'ami de Clémenceau, ce qui, pour le moment, suffisait.

Il avait pour toute qualité un vif sentiment de la puissance de la presse et de la réclame. Tout son art, assez vulgaire, consistait à recevoir tous les jours tous les reporters, afin que son nom fût quotidiennement imprimé dans tous les journaux. Tous les prétextes lui étaient bons ; quiconque a une collection de cette époque peut s'y reporter. Il ne trouvera pas un numéro, où, ne fût-ce qu'à propos d'une visite, ou d'un changement d'épaulette, le nom du général Boulanger ne soit inséré. Grosse force pour qui n'a pas dans son passé la bataille de Marengo.

Il fut en outre l'auteur de trois grandes réformes militaires. Il permit aux soldats de porter la barbe, cette même barbe que Pierre de Russie dut faire couper pour devenir grand homme (ce que c'est que de nous !) ; il fit peindre les guérites en trois cou-

leurs, et il supprima la gamelle. C'en était trop. Le
cœur des Français battit ; et partout le bruit courut
qu'enfin le héros était né, qui devait reconquérir
nos provinces, et battre à plate couture les armées
germaniques.

Une revue heureuse acheva son triomphe. Ministre
de la Guerre sous deux ministères, il semblait ina-
movible, comme l'avait été pendant tant d'années
Cochery aux Postes. Il n'apparaissait pas que ce
portefeuille pût être jamais confié à un autre que
lui. Ce fut bien pis, lorsqu'éclata la chanson de
Paulus.

Une chanson qui court de bouche en bouche, que
chacun fredonne, que tout le monde entend, et voilà
la gloire arrivée. Les gouvernements chez nous ne
sont démolis ou fondés que par des chansons. Il
n'est pas besoin pour cela qu'elles soient spirituel-
les : il suffit qu'elles arrivent à point. Celle-ci porta
Boulanger aux astres ; elle fit plus pour lui que
vingt victoires.

Cette renommée exorbitante d'un homme, au
demeurant médiocre, ne signifia pas longtemps
guerres et combats. Car, depuis nos désastres, le
désir de tout fracasser est chez nos chauvins victorieusement combattu par la peur de risquer sa peau.
Quand on a porté des couronnes à la statue de
Strasbourg, acclamé un régiment qui passe et secoué
un drapeau en battant du tambour, on rentre bien
tranquillement chez soi, convaincu que l'univers a
tremblé. L'univers ayant dû trembler suffisamment
devant le bariolage de nos guérites, on ne s'occupa
plus de revanche et les partis songèrent à d'autres
exercices.

Alors s'organisa autour du plumet la ligue pana-
chée dont les exploits ne sont pas encore sortis de
la mémoire. Ce fut comme une cour des miracles.
Sur Boulanger gluant vinrent se coller et s'agglo-

mérer toutes les plumes qui volaient dispersées. Le fameux entourage du roi Pétaud eut, comparé à celui-là, passé pour raisonnable. On y trouvait de tout ; d'anciens fédérés y pactisaient avec les prêtres bénisseurs d'assassins ; les athées blanquistes y servaient de bedeaux aux évêques défenseurs de la foi ; de vieilles duchesses y côtoyaient des avocats véreux ; toutes les envies, toutes les ambitions viles, tous les déclassés et tous les désespérés, ceux qui n'avaient pu réussir à être ministres, tous les faillis de la politique et du commerce, s'y mêlaient en une sarabande indéfinissable. Les opinions les plus saugrenues s'unissaient autour du soliveau sans opinion, ce qui lui permettait de les accueillir toutes.

« C'est notre homme, pensait le prince Napoléon. Il sera Monk, disaient les royalistes : donnons-lui la France et il nous la vendra. Grâce à lui, la religion prospérera, insinuaient les dévots. Nous verrons bien », ricanaient les incrédules.

Boulanger se laissait porter par le flot. Il y avait cette différence entre lui et Bonaparte que Bonaparte se servait des circonstances pour arriver à son but, tandis que Boulanger ignorait au fond le but où le menaient les circonstances. Conseillé tantôt par Naquet, tantôt par Laguerre, il écoutait d'un air profond et riant le calembour de Rochefort, et si Thiébaud l'envoyait causer avec les prétendants, il y allait.

Le parti radical en haine de Ferry, faillit être sa dupe, à lui qui était la dupe de tout le monde. Singulière conspiration où tout le monde essayait de se rouler, et où tout le monde était roulé.

« Il jure tout de même sur son honneur qu'il reste avec nous », me confiait un jour Clémenceau.

*
* *

L'aventure finie, je me trouvais à Rome. C'était
en janvier. Comme je m'étais rendu à la Villa
Médicis, pour voir le peintre Hébert, qui en était
alors directeur, le domestique qui vint m'ouvrir,
me dit :

« M. Hébert est dans son atelier. Si Monsieur veut
me suivre, je vais l'y conduire. »

— « Est-il seul ? »

— « Il est avec Son Altesse le prince Napoléon.
Mais cela ne fait rien. »

Cela faisait beaucoup au contraire. Je savais
qu'Hébert et le prince étaient très liés, et se voyaient
souvent. Je ne tenais nullment pour ma part à me
trouver en face d'un homme que j'avais beaucoup
attaqué, et qui symbolisait pour moi un régime
abhorré. Je remis ma carte et m'esquivai.

A quelques jours de là, Hébert et moi, nous visi-
tions la chapelle Sixtine.

— « Pourquoi, me dit-il, n'avez-vous pas voulu
entrer l'autre matin ? »

— « Mais parce que vous étiez avec le prince
Napoléon. »

— « Eh bien ? »

— « Eh bien, je ne tiens pas du tout à faire sa
connaissance. »

— « Vous avez tort ; il aurait été heureux de
causer avec vous. »

— « C'est tout à fait impossible. »

Hébert ne répondit rien ; mais il avait son idée.
Je dînais quelque fois à la villa. Un soir, comme
nous venions de sortir de table et que nous enta-
mions le premier cigare, la porte du salon s'ouvrit,
et le domestique annonça :

« Son Altesse Monseigneur le prince Napoléon. »
Avant qu'interloqué, et fort ennuyé, j'eusse eu le

temps de prendre une résolution quelconque, je vis
s'avancer vers moi, les deux mains tendues,
l'homme, dont les traits d'ailleurs m'étaient connus.

Et à brûle-pourpoint, avec la plus aimable fami-
liarité :

« Comment allez-vous, mon cher député ? Vous
ne sauriez croire combien je suis heureux de pouvoir m'entretenir avec un Français, et surtout avec
un républicain.. Quelles nouvelles nous apportez-
vous de la patrie ? Car, vous savez, je suis un pros-
crit. »

A moins d'être le dernier des goujats, et je laisse
cette place à tant d'autres qui se la disputent, je
ne pouvais répondre à ces paroles affables par une
grossièreté. Force me fut de poursuivre un entretien
qui ne tarda pas d'ailleurs à devenir du plus haut
intérêt.

Le prince, qu'avec le peintre Dumoulin, nous
avons surnommé depuis l'aimable homme, nom que
nous lui donnions pour pouvoir causer de lui, sans
qu'on sût de qui nous parlions, le prince n'ignorait
pas que je m'étais personnellement opposé aux lois
d'exil, et il m'en savait gré. Naturellement il m'af-
firma qu'il était républicain, qu'il n'avait jamais
cessé de l'être, même sous l'Empire, qu'il ne son-
geait à rien moins qu'à une restauration et que, s'il
avait fixé son séjour à Rome, c'était pour y pouvoir rendre quand même quelques services à son
pays.

Je sus depuis que s'il n'était pas sincère sur les
premiers points, il l'était sur le dernier. Sa parenté
avec le roi Humbert lui facilitait des conseils, qu'on
ne suivait pas toujours, mais qui tous étaient ins-
pirés par les intérêts de la France. Je ne suis pas
de ceux qui ne savent pas rendre justice à un adversaire, et j'ai eu les preuves qu'en exil le prince
Napoléon n'a cessé de défendre son pays.

Il détestait, comme on sait, les hommes d'église. Tutoyant Humbert, il lui rappelait volontiers, et assez durement, que c'était à la France qu'il devait son trône. Il n'était pas en odeur de sainteté auprès de la reine.

Nous en vînmes à parler de Boulanger, et il me raconta ceci : « Un jour, me dit-il, au château de Prangins, je reçus sa visite. »

— « C'était donc vrai », m'écriai-je ?

— « Parfaitement, et j'avais été prévenu par lettre. Je sais que ses journaux l'ont nié ; mais qu'est-ce que les journaux ne nient pas ? Il me fit l'effet d'un imbécile, fort infatué de sa personne. Je n'ai aucun motif pour vous cacher qu'il me proposa un pacte. « Unissons-nous, me dit-il ; puis, quand nous aurons renversé ce qui est, la France choisira entre nous deux. »

— « Et que répondîtes-vous ? »

— « J'acceptai, en ayant bien soin de lui dire que j'entendais conserver la République. »

Je contemplai, non sans étonnement, cet homme, d'une valeur intellectuelle incontestable, qui pourtant s'imaginait qu'il avait encore un parti. Dans cette affaire, il était incontestablement la dupe de celui qu'il regardait comme un imbécile, et qui n'en jouissait pas moins d'une popularité bien supérieure à la sienne.

Il est vrai qu'il ajouta :

« Le général partit comme il était venu, mystérieusement, et me laissa, ne faisant pas grand fonds sur l'avenir de ses projets. »

Nous causâmes ensuite de diverses questions extérieures et intérieures ; et je dois reconnaître que sa conversation fut celle d'un homme d'une grande élévation d'esprit, jointe à une véritable simplicité et à une parfaite apparence de bonne foi.

Singulière destinée. C'était certainement lui qui

possédait toutes les séductions de l'emploi ; et About n'avait pas été si sot en l'appelant César déclassé. Cependant il ne put arriver à rien, et n'eut guère que des ennemis et des railleurs. Il était et resta Plon-Plon. Juste châtiment de qui ne fit jamais sa paix avec l'Eglise.

Tels furent les seuls rapports, bien imprévus, que j'eus avec ce prince. Un mois après il mourait.

Ce qui n'empêcha pas, bien entendu, mes bons amis de la presse boulangiste d'imprimer avec indignation que j'avais mendié une audience, et que je n'avais pas eu assez de salive pour lécher les bottes du prétendant.

VII

COMBIEN de fois me suis-je demandé, depuis cette fin lamentable d'une aventure plus grotesque que tragique, s'il n'eût pas mieux valu qu'elle réussît! Les grandes saletés commençaient.

L'incapacité de Boulanger ne l'eût-elle pas enseveli dans la victoire ? Son entourage ridicule ne se fût-il pas désagrégé ? Et, après quelques mois d'anarchie, les républicains ne se fussent-ils pas ressaisis ? Fonder est moins aisé que détruire. Tout porte à croire que l'effondrement eût suivi de près le triomphe, et que, débarrassés d'une pitoyable constitution, nous eussions pu réaliser une meilleure république.

Peut-être ! Mais le gros risque eût été la guerre étrangère. L'homme était de ces fous, qui, dans leur infatuation, mènent un peuple à la défaite, espérant asseoir leur éphémère puissance. Là était le danger ; et, en repoussant le boulangisme, comme nous le fîmes, nous rendîmes à la patrie un immense service, dont elle nous récompensa comme vous savez.

Le boulangisme tomba ; mais, il faut bien le constater, il entraîna dans sa ruine les meilleurs républicains, surtout ceux qui l'avaient combattu, et rien n'est plus humain.

Non seulement, à partir de ce moment, nous eûmes contre nous toute la bande des appétits frustrés, tous ceux que nous avions vaincus, sans malheureusement les anéantir ; mais ceux-là même que nous avions persuadés ne nous pardonnèrent pas d'avoir eu raison. On en veut peut-être plus à l'ami qui vous sauve qu'à l'ennemi qui vous perd. Il est terrible de se dire : j'étais un sot, je ne voyais pas clair. Paris, qui s'était emballé stupidement à la suite du cheval noir, conserva une rancune rageuse contre les députés radicaux, qui ne s'étaient pas fourvoyés avec la multitude. L'histoire est pleine de ces exemples-là ; et ne pas faire son devoir est encore le meilleur moyen qu'on ait trouvé pour conserver l'estime publique.

Le boulangisme avait amené un autre résultat déplorable. Il avait paru nécessaire, pour venir à bout de cette popularité, de remplacer le scrutin de liste par le scrutin d'arrondissement. Faute grave, colossale, à laquelle pour ma part je m'opposai jusqu'au bout, que je ne pus empêcher, et dont nous subissons encore aujourd'hui les conséquences, hélas ! sans remèdes.

« Réfléchissez, disais-je vainement. Ne répondez pas à un emballement par un autre emballement. De grâce, réfléchissez.

« Sans doute, le scrutin de liste facilite les courants politiques ; mais, si c'est là son danger, c'est aussi son avantage. Une mauvaise politique vaut mieux que pas de politique du tout, et le scrutin d'arrondissement, c'est pas de politique du tout, c'est le néant. Souvenez-vous de la peine que nous avons eue à établir le scrutin de liste. Vous me dites : franchissons cette tourmente ; nous le rétablirons après. Eh bien, je vous dis, moi, que nous ne le rétablirons pas, et qu'une fois le scrutin d'arrondissement installé, vous l'aurez pour toujours. Car les produits de ce scrutin-là étant des produits intéressés, n'auront jamais assez d'abnégation pour détruire ce sans quoi ils ne seraient plus.

« C'est pourquoi vous n'aurez plus en France d'assemblée politique ; et le gouvernement ne sera plus qu'un ramassis de fluctuations, sans but, sans méthode et sans doctrine. Vous allez commencer cette vie au jour le jour, qui n'est pas meilleure pour les peuples que pour les individus, et qui les mène également à la ruine. »

Et, en effet, le scrutin d'arrondissement, qui n'est pas un scrutin du tout, n'est vraiment profitable qu'au despote qui le tient dans sa main, et dont la volonté, grâce à la candidature officielle, ne rencontre ainsi aucune résistance. Mais, avec la liberté, le scrutin d'arrondissement, c'est l'anarchie. Le scrutin de liste est la forme naturelle de la souveraineté du peuple. Le peuple n'étant plus souverain, comme d'ailleurs il n'y en a pas d'autre, tout gouvernement s'effondre.

Les événements ont démontré la justesse de mes prévisions. Nul ne niera que, depuis ce temps-là, le vaisseau de l'Etat, sans pilote et sans boussole, ne vogue au gré du vent, tantôt heurtant un écueil, tantôt jeté sur un banc de sable, le capitaine ignorant, aussi bien que l'équipage, dans quelle direction il est secoué, et où il se trouvera demain.

L'odyssée lamentable commença. Tels que les guerriers grecs, qui avaient bien détruit Ilion, mais que la colère des Dieux poursuivit ensuite sur les mers, victimes de leur victoire, tels les républicains se virent en proie aux fureurs de tous les partis. La confusion se leva ; ainsi qu'en Babel, toutes les langues se mêlèrent et personne ne se comprit plus. Alors apparut pour la première fois ce type étonnant du républicain coupable de vouloir garder la république, type qui, à l'heure où j'écris, continue à être chargé d'imprécations par les légions d'imbéciles, dont nulle instruction obligatoire ne pourra jamais améliorer les cerveaux.

Nous entrâmes dans l'ère des scandales ; et ce fut une manœuvre audacieuse et habile de la réaction cléricale.

Les Français sont des enfants. Il n'y a certainement pas de peuple au monde ayant moins de mesure ; plus apte à croire à toutes les sornettes, et à se laisser diriger par des mots vides de sens. Nous sommes incapables de résister à un échec, et un premier succès nous élève jusqu'aux astres. Jamais nous ne voyons les choses modérément, c'est-à-dire justement ; et c'est chez nous, bien plus que chez les Romains, que le Capitole avoisine la Roche tarpéïenne. Ici les réputations se font et se défont, comme les nuages se forment et se déforment dans le ciel. C'est le pays par excellence de l'ostracisme et de la frivolité.

Jusqu'au boulangisme, les partis politiques avaient lutté avec une certaine franchise. Autour de l'aventurier, ils y avaient renoncé. Le mot d'ordre était : Détruisons d'abord, et nous verrons après. Après la déroute, ils se crurent définitivement perdus. Ils avaient essayé de tout, tout s'était effondré. Ils voyaient avec effroi monter doucement le flot de la démocratie, prêt à tout envahir, si quelque Dieu ne surgissait pas pour prononcer le *quos ego* du salut.

Alors Basile, souriant et venimeux, fit son entrée dans l'arène.

Les trois points de son programme furent trois chefs-d'œuvre.

1° Puisqu'on ne pouvait venir à bout de la république, s'en emparer. Dans ce but, déshonorer les chefs, les vieux républicains, les meilleurs. Pour cela, mentir et calomnier. La calomnie, Monsieur, vous ne savez pas ce que c'est. Nul ne peut s'en défendre, et les bons moins que tous les autres. Dans cette foule, effarée comme une courtisane, il suffit d'un mot qui tombe, d'un soupçon qui passe, et le plus pur est perdu. Ballotté d'outrage en outrage, d'ignominie en ignominie, abandonné par ses amis, dont la lâcheté ne voit pas leur tour venir, il finira par échouer, épave inerte et sans vie, dans quelque trou obscur ; et tous ses services, et tout son dévouement passé, ne pèseront pas une once dans la balance où quelque sinistre Zoïle aura déposé sa délation ;

2° Imiter le renard du conte et lancer le chasseur et le chien sur une fausse piste. Nous sommes le gibier qu'on traque depuis un siècle. Employons la ruse suprême, que nous facilitent les instincts bas d'un socialisme mal compris. Affublons-nous, nous aussi, du masque socialiste, et feignons d'être des démagogues. Ce ne sera plus le clérical qui sera l'ennemi ; ce sera le juif. Imposons aux badauds l'idée que tout juif est Rothschild, et que seule la religion d'Israël constitue le capitalisme oppresseur. Semons la haine : nous recueillerons la puissance. L'antisémitisme fut fondé (1) ;

3° Tenir la nation par son armée. Ici il ne s'agissait que de continuer une œuvre, patiemment et persévéremment conduite depuis de longues années. Après nos désastres, la reconstitution et le développement de nos forces militaires avaient dominé toute la politique. Tout ce qui touchait à la défense natio-

---

(1) Les Juifs depuis se sont bien vengés.

nale avait constitué comme une arche sainte, devant laquelle le fidèle se prosterne sans oser la contempler. Le ministère de la Guerre et à ses côtés celui de la Marine, étaient maîtres absolus dans leur domaine, et l'on ne saura jamais le chiffre exact des milliards qui se sont engloutis dans ces gouffres sans fond.

Pour l'armée, ni contrôle ni responsabilité. Elle était la force et elle n'avait même pas à s'occuper de servir le gouvernement de son pays. Les uns avec ingéniosité, les autres avec candeur avaient répandu ce préjugé, que l'armée devant être soustraite aux luttes de la politique, et se consacrer exclusivement au pays, il ne fallait point lui demander d'être républicaine. Et l'on accepta cette bêtise amère, dans une république qui avait institué le service obligatoire pour tous. En sorte que l'armée étant la nation, c'était comme si l'on eût dit que la nation pouvait parfaitement n'être pas républicaine, tout en conservant la république.

Nous avions cette originalité (nous la gardons, encore) d'être le premier peuple du monde passé et présent, où les gens que paye le gouvernement pour le défendre ont le droit d'afficher pour lui le plus profond mépris.

Terrain merveilleusement préparé pour recevoir la bonne semence. Les congrégations enseignantes avaient, dès le premier jour, compris que là allait germer leur domination future. Il ne s'agissait que d'occuper les hauts commandements et par eux de cléricaliser une armée, déjà trop disposée à cette servitude par l'obéissance passive, et qui devait être dans les mains de ceux qui disposeraient de l'avancement. Dans ce but, elles poussèrent tous leurs élèves dans les grandes écoles de l'Etat. Et l'Etat, pareil à l'homme préoccupé, qui ne s'aperçoit pas que la marée monte et l'entoure, l'Etat laissait faire, indifférent.

M. de Freycinet, ministre civil, l'était trop pour contrarier personne. Il alla même, comme on sait, jusqu'à abandonner tous ses droits à un conseil, où le jésuitisme régnait en maître.

L'heure était venue de frapper un grand coup, et, puisque la montagne se refusait à venir à Mahomet, de faire marcher Mahomet à la montagne. Le pape fit solennellement adhésion à la république, et l'on parla d'esprit nouveau.

Jamais cette pauvre république n'avait été aussi impitoyablement cernée que depuis qu'elle avait cru pouvoir s'endormir dans son triomphe.

Résumons.

Tous les républicains honnêtes et incontestés, en proie aux soupçons, déshonorés, accusés de malversation ; le fanatisme renaissant ; toutes les forces de la république aux mains de ses ennemis ; puis soudain, comme le Bilboquet des *Saltimbanques*, s'appropriant la malle, les anciens partis mettant la République dans leur poche, en disant : elle doit être à nous.

Ce fut la campagne dite des ralliés.

Déjà M. Thiers avait eu cette idée magnifique : la république sans républicains. Ses amis étaient trop bêtes pour la comprendre ; ou, pour mieux dire, ils n'acceptaient pas ce pis-aller. C'est pourquoi il dut s'allier à celui qu'il avait appelé le fou furieux. Les monarchistes ne se décidèrent qu'après sa mort à exécuter sa pensée.

Qu'un père serait heureux s'il n'avait pas d'enfant ! s'écrie un personnage comique. La République, elle aussi, allait être bien heureuse lorsqu'elle ne renfer-

merait plus de républicains. Les républicains d'ailleurs étant tous des voleurs, on n'avait plus le choix;
il fallait bien s'adresser aux honnêtes gens, c'est-à-
dire aux autres.

Comme j'ai raconté dans un autre volume l'ignoble
aventure de Panama, je me garderai bien d'y revenir.
Nul n'ignore aujourd'hui que cette machine de
guerre, préparée par la feuille de Drumont, n'eut
d'autre objectif que la destruction de tout ce qu'il y
avait de plus honorable et de plus respecté dans le
parti républicain. On profita de l'émotion causée dans
le public par la vaste escroquerie pour   cer l'opinion sur une fausse piste, la détourne   les vrais
voleurs, et transformer en une manœuvre politique
ce qui ne touchait en rien ni pour rien à aucune
politique.

Le mot: panamiste, fit d'autant plus fortune, qu'il
n'avait pas de signification. Ceux qui avaient voulu
sauver l'épargne furent convaincus de l'avoir dila-
pidée ; et, tandis que les grands filous, libres et con-
sidérés, éblouissaient les boulevards des centaines de
millions extorqués aux gogos, on vit emprisonner
et comparaître devant les cours d'assises, qui d'ailleurs les acquittèrent, d'intègres représentants de
la nation, sous des accusations non moins saugrenues
qu'odieuses.

Vous entendez bien que les chenapans qui accu-
saient, connaissaient mieux que personne l'innocence
de leurs victimes, et étaient bien assurés d'avance
qu'on ne les pouvait condamner ; mais ils connaissaient le mot de Joseph Prudhomme sur l'homme qui
a été vu entre deux gendarmes ; et ils n'avaient pas
tort, car leur coup réussit superbement.

La lâcheté parlementaire apparut là dans toute sa
beauté.

***

L'heure était d'ailleurs bien choisie. On faisait coup double.

En même temps qu'on coupait d'un seul coup les têtes de l'hydre démocratique, on empêchait la réalisation de toutes les réformes promises au peuple. L'attention était complètement détournée. Le peuple est comme le taureau : secouez devant ses yeux un lambeau d'étoffe ; il ne songera plus à sa proie.

On était arrivé à l'échéance, qu'on ne pouvait plus esquiver. Il fallait absolument faire quelque chose ; on fit Panama, en attendant l'affaire Dreyfus.

Moment favorable. Un certain nombre de jeunes gens étaient entrés à la Chambre. Ceux-ci virent sans déplaisir toute cette boue monter autour d'eux ; nouveaux-venus, ils ne pouvaient être éclaboussés. Ils n'avaient qu'à gagner à l'opération qui allait faire maison nette, et leur permettre de l'occuper. Fortune inespérée ! Combien de temps ces jeunes hommes, de valeur très moyenne, eussent-ils dû attendre, avant de remplacer à l'influence, et ensuite au pouvoir, les républicains mûris qui avaient été leurs maîtres ! Le destin se chargeait de la besogne. Tels des lieutenants de troupes fraîches doivent leur avancement à la mort qui a fauché les capitaines.

Certes aucun d'eux n'avait contribué à cette trouée immonde. Ils se trouvèrent là pour en profiter, voilà tout.

Ainsi l'on vit surgir des ministres, dont quelques jours auparavant, toute l'ambition se fût bornée à devenir maîtres clercs de notaire.

Chose étrange, ces jeunes gens apparurent vieillots et quelconques. Ils n'étaient que le fruit de la médiocrité ambiante. Et tous ceux qui avaient un peu vécu, les prenant en pitié, s'adressaient deux questions en les considérant.

1° Qui avait été les chercher ? Pourquoi eux plutôt que d'autres ? Pourquoi celui-ci plutôt que celui-là ?

2° Que peut devenir un homme, que le hasard fait ministre à trente ans ?

VIII .

L A première question nous conduit à celle-ci :
« Comment, sous notre régime parlementaire,
se forment les ministères ? »

Vous me croirez si vous voulez ; mais, ainsi que je
l'ai dit plus haut, je n'en sais absolument rien.

Tout le monde connaît le juge Bridoie, qui tirait
les sentences aux dés. Je ne crois pas qu'on en ait
jamais fait de même pour les ministères, le hasard
n'ayant pas manqué de nous en procurer au moins
un bon. Le procédé grâce auquel ils se constituent
demeure à l'état de mystère. Et ne cherchez pas à
le pénétrer ; vous n'y arriveriez pas. Il n'est pas en
effet un ministre, qui, consulté par vous, ne vous
dise : « Moi, je n'y pensais pas du tout ; on est venu
me supplier d'être de la combinaison. » Mais vous
sentez bien que cela est aussi vrai que la déclaration
du monsieur qui vient de recevoir les palmes académiques, et qui affirme ne les avoir jamais sollicitées.
Il y a évidemment autre chose. Quoi ?

Ce que le public voit, c'est ceci :

Un ministère tombe. L'unique préoccupation du
Président de la République est de chercher un président du Conseil, qui ait voté pour le ministère tombé,
et qui par conséquent se trouve dans la minorité. Ce
qui d'ailleurs ne veut pas dire qu'il ne soit pas l'ennemi des culbutés, et qu'il n'ait pas en dessous tra-

vaillé à les renverser. Mais c'est un homme dit de gouvernement.

J'ai été, pour ma part, appelé deux fois en consultation, l'une par Grévy, l'autre par Carnot. Ce que je puis dire, c'est que ni l'un ni l'autre n'ont suivi le conseil que je leur avais donné, et qu'ils avaient jugé excellent.

Le Président du Conseil désigné, que se passe-t-il ? Ici nous entrons dans les ténèbres. Car il ne faut rien croire de ce qu'on met dans les journaux.

Dans les pays vraiment parlementaires, comme l'Angleterre, le chef de parti gouverne avec son parti, et l'on connaît d'avance la combinaison. Ici rien de pareil. A vrai dire, au Parlement il n'y a ni partis, ni chefs de partis : il n'y a que des ambitions.

Que se passe-t-il dans le cerveau d'un monsieur qui a accepté de diriger un cabinet ? Je crois, sauf meilleur avis, qu'il devient tout à fait imbécile. Pend-il un hameçon à sa fenêtre, et attend-il le passage des candidats ? Interroge-t-il les petites femmes ou les somnambules ? Toujours est-il qu'il rate infailliblement Colbert, et ne rate jamais Childebrand.

Tout porte à croire qu'il choisit ceux qui s'offrent. Mais comment s'offre-t-on ? Est-ce qu'il y a réellement des gens qui vont demander ça, ou s'ils envoient une dame ? J'ignore la façon de s'y prendre. Il doit y en avoir plusieurs. Croyez, en tous cas, qu'on ne va pas chercher Cincinnatus à sa charrue. L'offre dépassant toujours la demande, il est présumable que le président écarte avec soin les hommes supérieurs, s'il en est, et s'entoure à plaisir de nullités incontestées.

Le problème d'ailleurs reste toujours entier. La question demeure. Pourquoi celui-ci plutôt que celui-là ? Pourquoi des Lebon, des Cavaignac, des Ricard, et, pourquoi pas tant d'autres, qui pouvaient dire : « Mais moi aussi, je suis une oie. » Autant vaudrait demander au destin pourquoi ce sont toujours les mêmes qui tournent le roi à l'écarté.

Je ne vous dirai donc pas pourquoi, parmi les nouveaux, ceux-ci émergèrent plutôt que ceux-là ; et je passe au second point : l'ambition satisfaite trop tôt.

La jeunesse au gouvernement n'a qu'une excuse, l'éclatante supériorité intellectuelle. Ces jeunes hommes n'ont point fait cette réflexion que par cela seul qu'ils arrivaient vite, ils étaient condamnés à avoir du génie. Qu'un homme qui a beaucoup vécu, qui a rendu mille services à sa cause, qui a vu, observé, travaillé, soit appelé aux affaires, c'est justice ; faute d'autre autorité, il aura celle de l'âge et de l'expérience ; si en outre on l'applique aux questions qui sont dans ses aptitudes, s'il ne fait point figure éblouissante, au moins est-on sûr qu'il fera bonne figure. Et cela suffit ; d'autant que bientôt il disparaîtra, et tombera dans la nuit.

C'était d'ailleurs, autrefois, quand il y avait des sages, une maxime courante qu'il fallait appeler les vieillards au conseil et les jeunes gens à l'action. On comprend un général de trente ans, non un homme d'État. A cet âge, on est Condé, pas Richelieu. Aujourd'hui, nous avons changé tout cela, et mis solennellement le cœur à droite. Nous prenons des gamins pour grands maîtres de l'Université ; nous confions la direction de nos affaires intérieures et extérieures à de frais émoulus du bachot. En revanche, nous faisons monter à cheval et nous envoyons au combat des commandants septuagénaires. Nestor attend que, dans sa sagesse, le petit Néoptolème ait décidé de la paix ou de la guerre, et c'est lui qui va défendre la cité, qu'administre l'écolier.

Ainsi se gouverne la troisième république française.

Le génie même, si ces jeunes en avaient eu, ne suffirait pas ; car ce génie-là ne produit que des fruits tardifs, tout à l'opposé de celui des poètes et des guerriers. Mais ne parlons point de génies. Or que voulez-vous que devienne, le reste de son existence, un homme que le hasard a du premier coup porté au faîte ? Un instant a suffi pour réaliser tout son espoir, et il lui a été imposé de donner sa mesure avant l'heure qui l'aurait peut-être grandie. Désormais, il est jugé, classé ; descendu, il remontera, mais ce sera comme le pendule, d'un mouvement automatique et monotone ; ballon vidé avant d'avoir été empli, il ballottera, sans intérêt dans l'existence, ne pouvant être autre qu'il n'a été, n'ayant conservé aucune illusion sur son propre compte, et n'ayant plus cette espérance charmante, qui soutient les autres, et qui fait qu'ils se disent : « Si j'étais là, on verrait ! »

On a vu. Rien.

Ce ne serait pas assez que nos ministères offrissent cette contradiction avec le bon sens le plus élémentaire. Ils n'auraient point épuisé tout ce que notre régime comporte de ridicule.

Nous avons en tout onze portefeuilles : l'Intérieur, les Affaires étrangères, la Justice, l'Instruction publique, la Guerre, la Marine, les Colonies, les Travaux publics, le Commerce, l'Agriculture, les Finances (1).

Ailleurs, dans les pays où le cœur est resté à gauche, il est de tradition de caser chaque ministre dans le compartiment qu'il connaît. C'est ainsi qu'en ces nations singulières, on donne les portefeuilles purement politiques aux hommes politiques, tandis qu'on

____

(1) On en a ajouté un, le ministère du travail, superfétation pure.

met un agriculteur à l'Agriculture, un financier aux Finances, un lettré à l'Instruction publique, etc., etc.

Ici les portefeuilles sont distribués au petit bonheur, sans aucun souci des spécialités et des connaissances. On vous fiche aussi bien les colonies à un homme qui ne sait pas si la Cochinchine est en Asie, que l'agriculture à un monsieur qui est imprimeur de son métier ; la marine échoit à un médecin ; un marchand de bois en gros s'installe à l'instruction publique. D'ailleurs cela ne dure pas ; on change de portefeuilles comme d'arbres au jeu de quatre coins. Tel que vous avez vu au commerce passe à la justice, et demain se trouvera aux affaires étrangères. Il en est qui ont occupé successivement tous les palais, et qui n'en savent pas plus long sur ce qui se passe dedans que s'ils étaient restés dans les cours.

Car c'est là l'inconvénient de cette répartition, qui semble considérer comme bon à tout faire l'homme qui a réussi à se faire nommer député ou sénateur. Sganarelle, dans la comédie de Molière, est fait médecin par des coups de bâton, et déclare n'avoir jamais eu d'autre licence. Les bulletins de vote donnent pareillement l'omniscience, et tel, qui n'a jamais ouvert de sa vie que le *Petit Journal*, se trouve du jour au lendemain, sans autre instruction, examen ni concours, capable de diriger selon l'occasion les jurisconsultes de la Cour de cassation, les professeurs de la Sorbonne, les marins, les colons, la diplomatie, tout le tonnerre du bon Dieu, indifféremment, successivement, à la fois, comme on voudra. Que dis-je ? Il se connaît même en beaux-arts. Nul n'était plus merveilleux à ce point de vue que ce bon Félix qui, après avoir été ministre de la Marine, parce qu'il avait été quelquefois en bateau jusqu'au Havre, donnait des conseils aux paysagistes du Champ-de-Mars.

Vous me direz que les rois ne sont pas moins burlesques. J'en conviens. Il y a cependant une légère différence en ce fait que les princes étant appelés à régner, on leur donne généralement une teinture de tout, tandis que le suffrage universel ne donne une teinture de rien.

Les rois, d'ailleurs, s'en fient à leurs ministres, et c'est, ici, des ministres qu'il s'agit.

L'inconvénient est grave. Le ministre, une fois installé, ne connaît rien à son affaire ; et il faut qu'il la traite tout de même, devant le public et devant les Chambres. Pour cela, il a naturellement recours à ses chefs de service. D'où le pouvoir continu des bureaux. On demande quelquefois pourquoi les hommes des partis les plus opposés ont beau se succéder dans les cabinets ministériels, rien n'est jamais changé en rien. Eh ! Comment diable, voulez-vous qu'un ministre, sous la peur incessante de vraisemblables gaffes, préparées par son ignorance, puisse braver le sourire protecteur d'employés expérimentés, et ne craigne pas, en ne disant pas comme eux, de dire une bêtise ? Il est bien plus aisé de s'en rapporter à eux, et de suivre le chemin tout tracé. A vrai dire, il n'y a guère que celui-là de possible.

Tous ces ministres de carton me font l'effet de ce parvenu, raconté par Dickens, lequel n'osait pas lever les yeux sur son intendant, et ne portait pas une bouchée de pain à sa bouche qu'il ne tremblât de tous ses membres, à la pensée qu'il était jugé par son domestique.

Vous me direz que les ministres pourraient apprendre leur métier. C'est comme si vous me disiez que le violoniste, une fois sur l'estrade du concert, pourrait apprendre à jouer du violon. C'est avant d'exécuter qu'il faut s'instruire. J'ai bien connu un brave garçon, qui était enchanté d'être nommé maître d'école, parce qu'il pensait que cela lui servirait à apprendre l'orthographe. Il arriva finalement que ni lui ni ses élèves ne la surent jamais.

Où diable un pauvre ministre trouverait-il le temps de s'instruire ? D'abord il n'est jamais là pour longtemps, et pendant qu'il y est, toutes ses minutes sont absorbées par ses audiences, ses signatures et les querelles qu'on lui cherche au Parlement. Il ne peut être, et n'est, que le porte-voix de ses bureaux. Il passe, et ceux-là demeurent.

Pour se rendre compte de ce que c'est qu'un ministre, il suffit de considérer la mine narquoise des vieux huissiers. Ils en ont tant vu paraître et disparaître, qui reviennent ensuite faire antichambre là où ils donnaient audience ! Et quel respect voulez-vous qu'on ait pour ces bonshommes qui, demain, seront peut-être arrêtés et conduits en prison par les solliciteurs d'aujourd'hui ?

Il y a eu des occasions où certains chefs de service d'un ministère sont devenus ministres ; mais on leur donnait toujours un autre département que celui qu'ils connaissaient : tel Guillain, qui fut mis aux Colonies parce qu'il avait été directeur aux Travaux publics.

Ainsi Monselet qui, lorsqu'il était critique dramatique, évitait avec soin d'aller au Théâtre « parce que », disait-il, « la vue des pièces pourrait l'influencer ».

IX

J'INTERROMPS ici le rapide historique de notre néant parlementaire, pour jeter encore quelques regards sur les détails de fonctionnement d'une machine, qui broie à vide, et ne rejette que du vent.

L'usine est là, en travail. Les fourneaux sont allumés ; cette fumée, qui s'appelle la parole humaine, sort de toutes les cheminées ; une cohue d'ouvriers affairés passent, se heurtent, vont et viennent, fourmilière sans cesse en mouvement, des montagnes de papier alimentent une fournaise incessante ; le feu ne s'éteint jamais ; des ombres acharnées s'efforcent dans tous les coins ; cris, rumeurs ; contentement des uns, colère des autres ; intérêt universel à quelque chose ; que de métaux en fusion ! Quelle application ! Quel temps consacré ? Que va-t-il sortir de tout ce flamboiement ?

Repassez dans dix ans, dans quinze ans ; c'est à peine si, en cherchant bien, vous trouverez çà et là quelques fragments de méchants articles de codes, compliquant et aggravant les premiers textes, nuisibles le plus souvent, parfois inutiles et obscurs, n'améliorant le sort de personne, et dont les moins mauvais sont comme s'ils n'étaient point.

Que de bruit pour si petite besogne !

Mais quoi ? L'on a péroré ; et César nous a appris que les Gaulois se grisaient volontiers de belles paroles. Ils aiment aussi les beaux panaches et les clairons sonores. C'est ce qui fait que du règne des avocats nous passons au règne des militaires ; la raison est entre les deux, mais c'est un besoin sur lequel nous ne nous arrêtons jamais.

Rien de plus curieux que d'étudier les discussions dites budgétaires.

Chaque année, on nomme, au hasard des bureaux et des petites intrigues de partis, une commission du budget. Cette commission elle-même choisit dans son sein les rapporteurs des différents départements ministériels. Lesdits rapporteurs, enchantés de leur importance, se disputent à qui fera le volume le plus gros ; ils entassent là-dedans tous les documents que veulent bien leur fournir les bureaux ; à ces documents ils ajoutent des considérations, le plus souvent banales, quelquefois intéressantes. Quant aux conclusions, c'est-à-dire aux chiffres des crédits, il est très rare qu'aucun changement appréciable soit opéré dans les propositions gouvernementales, lisez : bureaucratiques.

Il se passe même là ce fait curieux, dont nous trouvons un modèle dans notre diplomatie. Chacun sait, en effet, que, dès que nous avons nommé un ambassadeur, celui-ci est bien chargé de représenter la France à l'étranger, mais, en réalité, il ne tarde pas à représenter devant la France la puissance auprès de laquelle il est accrédité. Ce sont là les intérêts de cette dernière qu'il soutient avec la seule énergie qu'il possède ; et l'on n'a pas idée de la rapidité avec laquelle notre chargé d'affaires à Berlin fait les affaires de Berlin, et notre chargé d'affaires à Rome fait les affaires de l'Italie.

Il en est de même des rapporteurs. Les plus farouches, ceux qui sont partis en guerre contre les administrations, et qui ont juré de tout démolir, sont en un rien de temps apprivoisés. S'ils ne proposent pas d'augmentation, c'est tout juste ; mais ils défendent *unguibus et rostro* toutes les dépenses, qu'ils considéraient avant comme inutiles, et qu'ils jugent à présent aussi indispensables à la bonne marche des services que s'ils étaient eux-mêmes ministres ou chefs de bureau.

Et, au demeurant, il est assez exact qu'elles sont indispensables aux services. La question est de savoir si l'on ne pourrait pas se passer de ces services-là, et s'ils servent réellement à quoi que ce soit. Seulement la compréhension parlementaire ne s'est jamais élevée jusque-là ; cela s'appellerait, en effet, de l'anarchie.

A la Chambre, la discussion du budget est le rendez-vous des *raseurs*. C'est à qui montera à la tribune pour dire son mot, ou pour prononcer un discours, sachant, espérant même que cela ne servira à rien, mais pensant de la sorte démontrer aux électeurs qui, d'ailleurs, s'en soucient très peu, et ne lisent pas l'*Officiel*, qu'il n'a pas dépendu de lui qu'une réforme quelconque ait été accomplie. Généralement ce ne sont pas des économies qu'on réclame, au contraire. On crie contre le gaspillage des fonds publics, et contre l'élévation des impôts ; et l'on termine en proposant une augmentation en faveur de telle ou telle classe intéressante de la société. Faire rendre plus à l'impôt, tout en demandant moins au contribuable, telle est cette quadrature du cercle, destinée à endormir le suffrage universel. Si l'on réussit, on compte sur le Sénat pour ramener les choses en l'état. Parfois, on daigne se contenter d'un changement en plus ou en moins de mille francs dans le chapitre, à titre, dit-on, d'indication. Cela indique tout simplement qu'il ne sera rien fait du tout.

Encore ceux-là ont-ils l'air de s'occuper des finances. La plupart n'en touchent même pas un mot. Il est parlé à tort et à travers *de omni re scibili*. On touche tous les sujets. La discussion du budget, c'est le discours de l'Intimé. Nul président n'est assez osé pour prier les orateurs (?) de passer au déluge.

Henri Brisson, beaucoup moins sot qu'on ne se l'imagine, me disait un jour, à ce propos :

« Voyez-vous, la vérité est que nous ne sommes pas faits pour tout cela. Nous sommes faits pour soutenir ou renverser des ministères, et pas pour autre chose. »

Et aussi pour obtenir des places et des croix. Car ce peuple est tellement amoureux de là liberté qu'il ne demande qu'à servir, et tellement passionné pour l'égalité, qu'il ne rêve que des distinctions.

La Chambre est présidée. Le président de la Chambre est un haut personnage, qui touche de forts émoluments, habite un beau palais et, comme on dit, *ne s'embête pas*. Le poste est très envié.

Je n'ai pas connu Grévy à la présidence. On m'a conté qu'il y était très bien. C'est lui qui, un jour qu'une discussion se prolongeait, toucha du doigt un monsieur qui grimpait à la tribune, et, profitant du brouhaha, lui dit :

« Vous voulez donc parler ? Pourquoi voulez-vous parler » ?

Gladstone disait, après un demi-siècle de vie parlementaire :

« J'ai entendu plus de huit mille discours ; je n'en connais que deux qui m'ont fait changer d'opinion ».

Et il ajoutait finement :

« Encore n'ont-ils pas changé mon vote. »

— « Vous me la baillez belle », aurait pu répondre le monsieur. « Est-ce que vous vous imaginez que je parle pour vous convaincre ? »

Ce n'est pas que ce soit propre ; mais cela tient de la place à l'*Officiel*.

Les présidents que j'ai connus sont : Gambetta, Brisson, Floquet, Méline, Burdeau, Dupuy, Deschanel, Bourgeois, Doumer.

Il y a deux façons de présider : la façon spirituelle et la façon solennelle. Il y en a une troisième, qui est celle des gens qui n'ont ni esprit, ni solennité. Je n'ai pas besoin d'ajouter que c'est la plus fréquente.

Gambetta se vautrait. Il remplissait son fauteuil avec nonchalance, sans élégance aucune. Il s'accoudait, étalant son ventre, assez dédaigneux, regardant à peine la cohue de sous-vétérinaires qui s'agitait à ses pieds. On lui savait gré de cette attitude, suffisamment imposante.

Henri Brisson est l'idéal du président correct et solennel. Lui prend tout au sérieux, la présidence, la Chambre, les lois. Les boulevardiers disaient volontiers de lui qu'il croit que c'est arrivé. Il ne comprendrait pas qu'on assimilât l'enceinte législative à un cirque de foire, où tournent les bêtes, et où les clowns font des cabrioles. C'est un convaincu, ou il en a bien l'air. Nous le jugeons ailleurs comme président du Conseil. Comme président de la Chambre, il est inattaquable. Il n'en a pas moins été banni de son fauteuil. On ne lui a pas pardonné d'avoir fait son devoir. Rien ne nuit davantage en politique, comme d'ailleurs en toutes choses.

Floquet avait fini par présider excellemment. Député et ministre, il avait cherché l'éloquence de Gambetta, et ne l'avait pas rencontrée. A la présidence, il chercha l'esprit, et le trouva quelquefois. Bien qu'il portât sa tête de trois quarts, et se prît pour Danton, c'était un bonhomme incapable de faire de mal à une mouche. Il eut au moins, avec Danton, une ressemblance : c'est que lui, aussi, fut victime des lâches accusations d'un tas de goujats. Il mourut effaré, sans savoir comment cela s'était fait, et comment sa vieille réputation de probité l'avait conduit à passer pour un voleur. Tel Grévy, tel d'autres encore ; car ce qu'il y a de plus remarquable dans ces dernières années, c'est que tous les républicains intègres furent accusés de concussion par les gredins.

Méline, Burdeau et Dupuy ne furent que des passants. Le vieux petit sec n'existait pas ; pendant sa présidence, le fauteuil était comme s'il eût été vide. Je dois d'ailleurs reconnaître que cela marchait tout de même.

Le pauvre Burdeau n'arriva à la présidence que pour avoir un bel enterrement. Lui aussi avait été sali par les affaires de Panama ; mais, comme il n'était pas radical, il s'en tirait. S'il eût vécu plus longtemps, il eût joliment gâté les opérations de ceux qui nous ont poursuivis, en payant Arton pour mentir ; il est probable même qu'ils eussent lâché la partie, le cas Burdeau étant inséparable du nôtre.

Dupuy, lui, a vraiment de l'esprit et de la bonhomie, comme beaucoup de gros hommes. C'est pourquoi il est propre à tout, s'accommode de tout, et n'est déplacé nulle part. Sa présidence est restée célèbre, grâce au fameux mot : « La séance continue... » Mais il en a eu bien d'autres. C'est un homme à mot. Ceux qui le prendraient pour une bête se tromperaient grossièrement. Il ne l'est même pas assez ; et c'est ce qui lui a nui au pouvoir.

J'ai oublié dans mon énumération Casimir Périer ; mais celui-là a présidé tant de choses, sans compter la République, que vraiment on s'y perd, et que l'oubli est pardonnable. Casimir Périer présidait la Chambre comme tout le reste avec cet air de sergent-major et cette voix de troupier absinthé, qui le désignaient aux plus hautes destinées. Dès qu'il y était parvenu, on s'apercevait qu'il en était digne ; et, comme cela ne faisait pas l'affaire, il s'en allait.

Enfin Deschanel vint. Il faut saluer cet enfant gâté de la fortune. Le petit Deschanel prouve par sa seule présence qu'il n'est pas tout à fait nécessaire, pour arriver aux honneurs et obtenir la considération publique, d'être un butor, un homme mal élevé, désagréable et pernicieux. Il est vrai qu'il rachète ses qualités par l'indispensable banalité, chère aux femmes et aux académies. C'est un président de salon, en pâte tendre de Sèvres, aussi dépaysé que possible dans cette réunion de harengères, qui représente le peuple le plus policé de la terre. Il a devant les engueulades les petits airs indignés d'une jeune mariée ; et, plutôt qu'une sonnette, on lui voudrait un éventail.

C'est le seul président qui imita Gambetta, en donnant des déjeuners. Seulement Gambetta les donnait à des amis, pour parler politique, tandis que Deschanel les donnait à tout le monde, afin de se faire des électeurs à la présidence. Je ne crois pas au demeurant que l'opération lui ait été très utile. Personne n'a jamais pu s'expliquer dans quel ordre il mettait les députés pour les inviter. Ce n'était pas l'ordre alphabétique ; ce n'était pas le tirage au sort, puisque les ennemis ne se rencontraient pas ; si c'était le choix, il était bizarre, et fit des mécontents.

J'ai fait ailleurs le portrait de Bourgeois, et n'ai rien à y changer. Bourgeois est un homme heureux, celui à qui tout le monde pense quand il y a une bonne place à prendre, un rang à occuper, et personne ne pourrait en donner la raison. Tour à tour préfet, député, ministre de l'Instruction publique, de la Justice, de l'Intérieur, président de la Chambre, demain peut-être président de la République, il n'est jamais là, et c'est toujours à lui qu'on songe. Président du Conseil, il a eu un flair merveilleux pour s'entourer des pires nullités ; et il a raté, dans un conflit avec le Sénat, une occasion de reviser la constitution, qui ne se retrouvera plus. Cela ne fait rien, c'est Bourgeois. Il présidait assez mollement la Chambre, mais cela ne faisait rien ; c'était Bourgeois. Pendant des années, il disparaît ; on le fait voter avec des Jacobins, pour qui, dans son for intérieur, il doit avoir une piètre estime. Il ne parle pas, il n'agit pas ; il ne préside même pas un groupe, comme Bienvenu ou Étienne ; il ne sollicite rien, on lui offre tout. Jamais on ne le vit dans une antichambre ; c'est son antichambre à lui qui est pleine. « Nous avons Bourgeois », disent les vétérinaires. — « C'est vrai qu'on a Bourgeois », dit le public.

Et après ? C'est comme cela ; et c'est tout.

On ne saurait arriver à Doumer, sans poursuivre l'historique abandonné plus haut.

Après le boulangisme, il y eut le dreyfusisme ; puis, après le dreyfusisme, il y eut le déroulédisme. Pauvre grand enfant que ce Déroulède, qui voulut un jour marcher sur l'Élysée, et qui n'aurait su qu'y faire s'il y était parvenu. Cet incident fut la fin de l'aventure.

Jésuites et antisémites avaient été à deux doigts du succès. Ils touchaient au but, quand la roue de la Fortune tourna, et les précipita cul par dessus tête. Ils avaient joué une grosse partie ; ils l'avaient perdue ; il fallut payer.

On vit alors se dresser une réaction en sens contraire. Francs-maçons, juifs et anti-cléricaux tinrent le haut du pavé, et reprirent l'assiette au beurre.

Leur victoire était légitime. Ils ne tardèrent pas à la gâter par les représailles ordinaires. Aux actes odieux d'une secte, ils opposèrent les actes odieux d'une autre secte. De serfs ils devinrent tyrans ; et la persécution ne fit que changer de camp.

Hier on n'arrivait à rien, si l'on n'allait pas à la messe ; aujourd'hui l'on est perdu, si l'on y va. Le billet de non confession succéda au billet de confession. Un nouveau Julien parut sous le nom de Combes ; M. Homais remplaça Basile ; et une nouvelle église sans Dieu et sans évangile se forma sous le nom de bloc.

Les exploits de ce bloc, discipliné jusqu'à l'abjection, sont dans toutes les mémoires.

Comme il n'est pas de marais, d'où ne se dégage de temps en temps une bulle d'eau pure, on vit parfois se dégager de ce bloc quelques esprits indignés, qui, honteux de la besogne qu'on leur faisait faire, résistèrent avec éclat, et se drapèrent dans les principes oubliés.

Comme ils étaient les seuls qui ne voulaient pas changer, on les accusa de changement. Ils furent flétris sous le nom de dissidents, ce qui ne fut pas pour eux un mince honneur.

Pas nombreux, ces dissidents. Mais ils se trouvèrent légion au moment du vote pour la Présidence. Raison péremptoire : le scrutin était secret. Beaucoup de gens retrouvent leur bravoure, alors qu'ils ne courent aucun danger.

Et c'est pourquoi Brisson fut renversé par Doumer, parce qu'il soutenait la politique combiste, la majorité de la Chambre soutenant cette même politique ouvertement, mais la blâmant *in petto*. Brisson joua là le rôle du bourgeois, qui reçoit les coups de fouet destinés au cocher.

Maintenant pourquoi Doumer ? Et à quoi Doumer doit-il ses élévations successives ?

A tout le mal qu'on a dit de lui.

Doumer, ancien secrétaire de Floquet, faisait jadis à la Chambre partie très remuante de l'extrême-gauche. Très intelligent, sans passions, très travailleur, croyant à son étoile, tout comme un Boulanger ou un Marchand, il eut la bonne fortune, après avoir été ministre des Finances, d'être appelé par Méline au gouvernement général de l'Indo-Chine.

Il fut alors criblé d'injures, et traité de vendu. Il abandonnait en effet ses armes et ses bagages, laissant en plan le projet d'impôt sur le revenu, qu'il allait prônant de conférence en conférence.

Puis le temps passa ; et chez nous, quand le temps passe, les souvenirs passent aussi. Les scandales nous avaient fourni bien d'autres chiens à fouetter.

Redevenu député, une défiance autour de lui monta. Quelque instinct révélateur fit prévoir aux ambitieux de tout acabit une redoutable ambition concurrente. Il en est de l'ambition comme de l'amour ; il y a un je ne sais quoi qui fait pressentir un rival à un amant : et de même aussi que les amants ne ratent jamais la sottise d'invectiver et de salir leur rival, ce qui ne manque pas d'avancer de plus en plus les affaires de ce dernier, de même en politique on ne cesse, par des attaques réitérées, d'appeler l'attention sur celui qu'on voudrait perdre, de lui faire de la réclame et de lui créer une popularité. L'ennemi maladroit est préférable au meilleur des amis. Un bruit se répand partout ; il faut de même, dit-on, que celui-là soit quelqu'un, puisqu'on ne parle que de lui.

Doumer a peu d'amis. D'ailleurs qui a des amis aujourd'hui ? Mais il a beaucoup d'ennemis. C'est une force. Quiconque en veut à l'un de ces ennemis, et ils s'en veulent tous les uns aux autres, vote pour Doumer. Doumer a été élu président tout bonnement pour faire enrager Combes, que l'on n'osait braver en face.

Doumer en effet s'était mis à la tête du petit groupe des dissidents, groupe étrange, qui parfois se réunissait au nombre d'une vingtaine, et se retrouvait au vote deux ou trois, quand je n'étais pas tout seul.

Certes jamais la vaillance ne fut une qualité des assemblées délibérantes. Mais, si j'ai compris jusqu'où peut descendre la couardise, et si je me suis rendu compte de ce que pouvaient être les grenouilles des vieux marais parlementaires, c'est à coup sûr en face de ce bloc écœurant. Que de gens me félicitèrent dans les coins, flétrissant la politique suivie en termes plus amers que les miens, et, rentrés en séance, s'empressaient de voter contre leur conscience ! Utile conduite. Quelques-uns en sont devenus ministres.

La cuisine politique et la cuisine alimentaire se font avec la même saleté. Il y a cependant cette différence, que la seconde peut tout de même fournir de bons plats, tandis que la première...

Quoi qu'il en soit, porté par la haine, Doumer devint président, et son élection laissa Brisson stupéfait. Je crois qu'il n'en est pas encore revenu.

X

OUTRE la commission du budget, la plus importante, la Chambre compte un grand nombre de commissions.

Il y a d'abord celles qu'on nomme pour étudier un projet de loi spécial ; puis il y a les grandes commissions, celles qui sont composées de trente-trois membres, qui n'existent que depuis quelques années, et qui sont le produit d'une bonne idée, malheureusement détournée de bon sens.

Nul ne s'étonnera que je trouve l'idée bonne ; car je crois bien qu'elle est mienne, et que je fus le premier à la répandre.

J'avais été très frappé, dès mon entrée, des défectuosités de la méthode de travail parlementaire. Je nourrissais encore quelques illusions, et m'imaginant que nous étions là pour faire quelque chose, je m'étonnais qu'on eût combiné l'instrument, de manière à ce qu'il ne pût jamais résonner, la machine de façon à ce qu'elle ne pût jamais fonctionner, l'effort afin qu'il ne pût jamais aboutir.

Pour s'en rendre compte, il suffit de suivre la marche d'une proposition due à l'initiative parlementaire.

Un député dépose une proposition. Cette proposition est renvoyée à la commission d'initiative.

Qu'est-ce que la commission d'initiative ?

Une commission qui, étant donné son rôle, devrait être la plus importante de la Chambre, et en est la plus ridicule. Elle a vingt-deux membres, élus chaque mois par les bureaux.

Tous les mois, la Chambre se divise en onze bureaux, tirés au sort. C'est, avec les scrutateurs et les délégués aux enterrements, la seule part donnée au hasard, et l'on a bien tort, tout ce qui n'est pas au hasard étant à l'intrigue. Les anciens, qui n'étaient pas meilleurs que nous, mais qui étaient plus intelligents, avaient parfaitement saisi cette vérité ; et l'on sait que les Romains tiraient au sort la plupart des fonctions. Elles n'en étaient pas plus mal remplies, au contraire.

Ces bureaux, qui sont donc composés d'une cinquantaine de personnes, ne sont, bien entendu, jamais au complet. Lorsqu'on s'intéresse particulièrement à la nomination d'une commission, on y vient. En cas ordinaires, et la nomination de la commission d'initiative est de ces cas-là, on ne s'y trouve guère plus d'une dizaine. J'ai été, pour ma part, un jour nommé membre d'une commission dans un bureau où nous étions quatre. Il y avait le président, qui était Goblet ; le secrétaire qui était ce pauvre Bovier-Lapierre, le candidat, qui était moi, et le votant dont j'ai oublié le nom. Il me nomma. Ce fut comme dans la scène des *Plaideurs*, où Léandre à lui seul compose l'assistance.

Une commisison quelconque d'initiative sort donc de là. Elle a pour mission de lire les propositions déposées, et de décider, dans un rapport sommaire, si elles doivent être prises en considération.

Aujourd'hui, grâce à la création des grandes commissions, auxquelles en général sont renvoyés directement les projets, la tâche de la commission d'initiative est fort restreinte. Autrefois c'était à elle que revenait le premier droit d'enterrement, et elle avait

une façon très commode de l'exercer. Cette façon consistait à ne pas s'en occuper. Le plus souvent, dans
ce premier trou, la proposition tombait, et ne repa-
raissait plus. On verra d'ailleurs plus loin que dans
les grandes commissions elle ne paraît pas davantage.
Le trou est plus large ; voilà toute la différence.

Je suppose le projet tiré de ce premier péril. Au
bout d'un certain nombre de mois, il a la chance de
venir devant la Chambre. Celle-ci peut repousser la
prise en considération, qui exige un premier débat.
Second danger de mort. Il échappe ; il est pris en
considération.

Ses mésaventures ne font que commencer ; et les
obstacles, et les pièges vont s'amonceler sur sa route.

Une commission spéciale est nommée pour l'examiner. Cette commission se réunit toujours une première fois, pour nommer un président. Je suppose
encore que la proposition ait la bonne fortune de
tomber sur une commission qui l'étudie sérieusement.
Le temps passe; il vient un jour (car enfin tout arrive,
même le miracle) où le rapporteur dépose son rapport. Avant que la discussion soit mise à l'ordre du
jour, il coule assez d'eau sous les ponts pour inonder
tout le territoire. Il faut en effet que la proposition
prenne son tour, autrement dit son numéro d'ordre.
Or, comme la Chambre consacre à peu près toute son
année à discuter son budget, et que les projets de lois
gouvernementaux priment les autres, vous voyez d'ici
ce qui reste de chances à l'auteur d'une réforme quelconque, je ne dis pas pour la faire adopter, mais seulement pour la produire en séance publique. Figurez-
vous une station d'omnibus, où vous auriez le
numéro 544, et où tous les omnibus passeraient com-
plets ; et cela vous donnera une idée approximative
du sort réservé à la proposition voyageuse.

Aujourd'hui, comme je l'ai indiqué plus haut, il
y a beaucoup de chances pour que ladite proposition,

sautant par-dessus la commission d'initiative, soit renvoyée à l'une des grandes commissions instituées. Le Scylla est pire que le Charybde. En effet, la petite commission, chargée d'un seul projet, était bien quelquefois obligée de s'en occuper un peu ; tandis que la grande, en ayant trente-six, n'y fait absolument aucune attention.

Ce n'est pas tout. Il faut deux délibérations. Ce qui signifie que si, par impossible, la Chambre accepte la loi, il n'y a rien de fait. Il faut tout recommencer.

Je suppose (mais cela est tellement invraisemblable que j'ai peur qu'on ne me rie au nez), je suppose que tous ces caps sont franchis, et que la loi est adoptée définitivement.

Il n'y a rien encore de fait ; car cette loi doit être examinée par la seconde Chambre, par le Sénat ; autrement dit, elle a à reprendre toute la filière, avec cette complication que la filière au Sénat est encore beaucoup plus longue qu'à la Chambre, et que le Sénat est naturellement porté à oublier dans un coin tout ce qui lui vient de la Chambre.

Pour en revenir à ma comparaison, c'est comme si, ayant laissé passer votre numéro 544, vous alliez à une autre voiture, où l'on vous donnât le numéro 1.042. Vous vous empresseriez de renoncer au voyage.

La proposition n'a pas besoin d'y renoncer ; il ne saurait s'accomplir. En effet, avant la fin de toutes ces péripéties, la législature est terminée ; et, comme aucun projet ne survit à la législature, celui-là s'engloutit, comme des milliers d'autres avant lui, dans cet infini infernal, qu'on dit pavé de bonnes intentions, et sans doute aussi de réformes politiques.

Si cette histoire vous amuse, autrement dit si vous voulez reproduire le projet dans une législature nouvelle, il vous faudra tout reprendre *ab ovo*. Comme

Sisyphe, vous remonterez le même rocher, qui sera précipité de la même manière. Et cela pourra durer ainsi jusqu'à la fin des temps.

On voit avec quel soin méticuleux les précautions ont été prises pour qu'il soit impossible de jamais arriver à rien. Ce n'est pas d'ailleurs que je m'en plaigne outre mesure, ayant la conviction que, si l'on arrivait à quelque chose, cela vaudrait encore moins que ce qui est.

J'avais pourtant essayé de remédier à cet état de choses, en proposant un système de grandes commissions, contre lequel tout le monde commença par se soulever d'indignation, que l'on finit par reconnaître bon, mais dont on ne prit que justement ce qui était d'une utilité contestable. Ainsi font les admirateurs de Wagner, qui, se pâmant devant les beautés du grand homme, ne savent en prendre, quand ils l'imitent, que les laideurs et les défauts.

Voici, en quelques mots, quelle était l'essence de mon projet :

Je supprimai carrément la commission d'initiative. Puis je divisai la Chambre tout entière en onze grandes commissions correspondant aux services des ministères.

Voici comment je procédai :

Au début d'une législature, on tirait au sort les bureaux, comme à présent. Dans chaque bureau, chaque député désignait la commission dont il désirait faire partie. On ne procédait au vote que si le nombre des candidats dépassait le nombre fixé. Dans ce cas, l'évincé se rejetait sur une autre commission.

Ce système avait pour résultat de ne laisser aucun député en dehors d'une commission, et de ne lui en donner qu'une seule, ce qui permettait à tous de travailler, et de travailler utilement. Cela parut grave. On sait que dans l'ancien système, et même dans le système actuel, malgré le règlement, tel député ne fait partie d'aucune commission, tandis que tel autre fait partie de sept ou huit, dont plusieurs se réunissent à la même heure.

.Chaque année, dans mon plan, le même travail se reproduisait ; ce qui permettait aux députés de changer de commission, ou d'y rester.

« Ciel ! s'écria-t-on tout d'abord, ce sont les comités de la Convention ! »

Je répondis :

— « Parfaitement. On peut choisir plus mal ses modèles. »

Puis les objections affluèrent. Il y en eut d'extraordinairement curieuses, telle que celle qui disait que, dans de pareilles commissions, certains hommes prendraient une grosse influence, et seraient trop naturellement désignés pour le ministère. Produire des hommes compétents et remarquables, et leur donner le pouvoir, c'est évidemment ce que ne sauraient approuver les médiocres, à qui a incombé jusqu'à présent le fardeau du gouvernement.

Voulant tout de même faire quelque chose, on inventa la solution bâtarde qui règne à cette heure, et qui est bien l'arlequinade la plus ridicule, le pot-pourri le plus extravagant qu'il ait été possible d'inventer. Cela ne signifie rien, ne rime à rien, et constitue une situation beaucoup plus mauvaise que celle du passé.

Ce serait à croire qu'on l'a fait exprès (si jamais les députés faisaient quelque chose exprès) pour nous dégoûter de tout changement. Combien de fois ne nous est-il pas arrivé d'entendre un monsieur vous dire : « Je n'aime pas tel plat », et de découvrir que son antipathie vient de ce qu'on le lui a donné gâté ! C'est par la même raison que beaucoup de gens pourront renoncer aux grandes commissions.

En effet il n'a été retenu du projet que ceci : augmenter le nombre des membres. Et l'on a créé au petit bonheur, sans méthode, un nombre énorme de commissions de trente-trois membres, nombre tellement énorme que plusieurs ont les mêmes attributions, et se disputent les mêmes projets, aussi aptes d'ailleurs les unes que les autres à ne jamais s'en occuper. J'ai pour ma part un projet sur les trésoreries qui est tombé dans une de ces commissions, je ne sais plus laquelle : et les fouilles les plus minutieuses ne sauraient jamais en retrouver une trace.

J'ai représenté religieusement ce projet à toutes les législatures depuis vingt ans, et je crois que mes arrière-petits enfants pourront, s'il leur plaît, le représenter à leur tour. Cela leur fera de l'occupation.

Je reconnais d'ailleurs que ce projet, réalisant une économie de cinq millions, offre beaucoup moins d'intérêt que ceux qui accroissent les dépenses. Il a pourtant été renvoyé à une commission, qui s'appelle, je crois, commission des économies administratives ; si elle en réalise une seule, je consens à être pape, ou à m'appeler Reinach.

Je ne puis m'empêcher de songer à la parabole de l'Écriture, où il est question d'un homme qui a chassé un mauvais esprit ; le mauvais esprit en prend sept autres, plus méchants que lui, et ils viennent tous habiter en cet homme ; en sorte que sa condition est pire que la première.

Jusqu'à présent, toutes nos réformes n'ont été que des aggravations. J'avoue que cela m'enlève toute confiance dans celles qu'on rêve encore.

En dehors des commissions, il y a les groupes. Mais ceci vaut un chapitre particulier.

XI

IL est assez naturel que les députés se groupent
selon leurs affinités politiques, afin de manœuvrer
ensemble et de ne pas éparpiller leurs efforts.

Avec le scrutin de liste, ces groupements étaient
assez aisés. A vrai dire, ils s'indiquaient d'eux-mêmes,
étant tout formés par les choix du suffrage universel.

L'émiettement, dû au scrutin d'arrondissement,
rend les groupements beaucoup plus hasardeux. Les
élus arrivent, à peu près sans programme, beaucoup
sans opinion. C'est ce qu'on appelle représenter ses
électeurs ; en réalité, on ne les représente que dans
les antichambres ministérielles ; mais, comme c'est
tout ce qui leur importe, ils sont en effet suffisamment représentés.

Cependant, lorsque le député est nommé, il ne
tarde pas à s'apercevoir que, si la mission la plus
importante consiste à acheter les parapluies de ses
commettants, à s'occuper de leur trouver des nour-
rices, et à répondre aux milliers de lettres, où chacun
l'entretient de ses petites affaires privées, se fichant
pas mal des affaires publiques, il fait pourtant partie
d'une assemblée politique. C'est pourquoi il est obligé
de se demander quelle politique il va suivre.

Lorsque j'entrai au Parlement, en 1880, c'est-à-dire
il y a vingt-cinq ans, le groupe le plus avancé s'ap-
pelait l'extrème-gauche. Il était présidé par Louis

Blanc. L'Union républicaine se serrait autour de Gambetta. Puis il y avait des centres, et enfin une droite, alors monarchique, car elle ne s'était pas avisée de se rallier à la République.

Il y eut, au moment du boulangisme, toute une législature pendant laquelle on renonça aux groupes, sous prétexte de concentration. On y est revenu depuis, sans parvenir à leur rendre la vie qu'ils avaient autrefois. Ils n'ont ni chefs, ni ligne de conduite bien arrêtée. Ce ne sont que des apparences. L'incohérence est partout. Dans le Parlement, comme dans la nation, tout glisse à vau-l'eau ; et l'on ne sait pas plus où l'on va, que l'on ne sait ce qu'on veut.

On ne sait pas davantage ce qu'on peut, ou plutôt on sait trop qu'on ne peut rien.

Louis XV disait : « Tout cela durera bien autant que moi. » Nous, nous ignorons ce que cela durera, mais ce dont nous sommes certains, c'est qu'il ne dépend de nous ni que cela dure, ni que cela ne dure pas.

Je me souviens d'avoir fait un article, où je démontrais que nous n'en étions plus à l'ère des difficultés, mais à celle des impossibilités.

Et, pour être contradictoires, ces impossibilités n'en sont pas moins réelles.

Il est impossible de garder la constitution, et il est impossible de la changer.

Il est impossible de conserver notre système fiscal, et il est impossible de le réformer.

Il est impossible de maintenir la paix, et il est impossible de faire la guerre.

Il est impossible de fonder la république, et il est impossible de la renversr.

Il est impossible que nos institutions fonctionnent, et il est impossible qu'elles ne fonctionnent pas.

Prenez toute chose une à une, et vous vous heurterez à des impossibilités contraires. Rien n'est possible, et il est impossible de rien faire.

C'est pourquoi les hommes qui s'occupent de politique ressemblent à des pêcheurs, assis sur le bord d'un fleuve, sans ligne et sans filets. L'eau coule ; et ils attendent que le poisson passe. Mais que le poisson passe ou non, qu'importe ? Ils savent bien qu'ils ne l'auront point, puisqu'ils n'ont aucun moyen de l'avoir.

*
* *

La vérité est que, depuis que le peuple français à la République, il ne sait qu'en faire. Pourquoi ? Parce qu'il n'est pas républicain.

Il est comme un enfant, qui, ayant désiré ardemment une montre, dès qu'il en possède une, la contemple avec ravissement, puis, ne sachant comment la faire marcher, pousse les aiguilles en sens inverse, et se fâche autant si elles s'arrêtent que si elles s'agitent, puisqu'elles ne lui donnent jamais l'heure.

Nos pères ont créé une belle devise : Liberté, Egalité, Fraternité.

Malheureusement nous sommes incapables de liberté, n'admettant que la nôtre, et non celle d'autrui. Nous sommes encore plus ennemis de l'égalité, si cela est possible, puisque nous ne rêvons que distinctions, et n'ambitionnons que de nous élever au-dessus de nos concitoyens. Quant à la Fraternité, on a compris qu'il y avait là une telle chimère, que le terme a été remplacé par celui de solidarité.

Tant que le peuple français n'a pas eu la République, il poursuivait un but, un idéal. Dès qu'il l'eut proclamée, il s'aperçut qu'il n'avait conquis qu'un mot. A ce mot il avait prêté toutes les puissances. Ne crut-il pas d'abord que ce mot magique allait lui assurer la victoire ? Il fut défait. Il s'imagina ensuite que la République allait produire, sans qu'il s'en mêlât, toutes ses conséquences politiques, économiques et sociales, et voilà que, lorsque le mot fut inscrit sur les murs, toutes les fois qu'on voulut toucher à un article des anciens programmes, cet article tomba en poussière, comme une momie arrachée à son tombeau.

La République sous l'Empire, c'était : plus d'armée permanente ; la nation organisée en milices ; les cités se gardant toutes seules. La République sous la République, ce fut le service militaire obligatoire pour tous, la nation caporalisée, la suppression des gardes civiques.

La République sous l'Empire, c'était l'élection des juges. La République sous la République, ce fut leur domesticité.

La République sous l'Empire, c'était la décentralisation. La République sous la République, ce fut la centralisation renforcée.

La République sous l'Empire, c'était la séparation des Eglises et de l'Etat. La République sous la République, ce fut le Concordat maintenu, jusqu'à ces derniers jours, où tout de même la séparation s'est faite. Mais dans de telles conditions, qu'il est permis de douter qu'elle soit réellement accomplie.

La République sous l'Empire, c'était la justice et l'unité dans l'impôt et dans toutes les charges publiques. La République sous la République, ce fut l'impôt augmenté, compliqué, de plus en plus pesant et mal réparti.

La République sous l'Empire, c'était la fin de l'exploitation du prolétariat par le patronat. La République sous la République, ce fut l'aggravation du système économique, la protection du riche par les droits de douane, l'abandon du pauvre, payant plus cher tous les objets de consommation, pour que le riche puisse vivre à ses dépens.

La République sous l'Empire, c'était la fin des

titres, la suppression des décorations, le citoyen sous-
trait à l'arbitraire de la police, la liberté d'aller, de
venir, d'agir. La République sous la République, ce
fut la création de nouveaux rubans, l'augmentation
continue des gendarmes, des agents, des fonctionnaires de tout ordre et de toute sorte, un déluge de
défenses, de restrictions, de paperasses, l'impossibilité
de tousser ou de tirer son mouchoir sans autorisation
spéciale, le régime des Chinois, ou celui des suspects.

Et remarquez que, si cela est ainsi, il ne faut accu-
ser personne. Nul n'a pu faire autrement. Le peuple
français n'a pas l'idée d'une autre société que celle-
là ; et, s'il approuve en théorie les vieilles aspirations
républicaines, il se croirait perdu, si quelqu'une
d'elles passait dans la pratique. C'est ce qui a fait dire
à tous nos hommes d'Etat successivement :

« La République est un gouvernement comme un
autre. »

Et le peuple entier les a applaudis ; car, je le
répète, il n'a pas même idée que les choses puissent
se passer autrement qu'elles ne se passent et qu'elles
se sont toujours passées.

De là l'étrange situation parlementaire, qui peut se
résumer ainsi :

« Tout transformer, à condition de ne rien changer. »

Le peuple français ne se sent pas bien, mais il
entend s'y tenir. Au fond, il en veut énormément à
ses mandataires, parce qu'ils ne font rien, mais il
leur en voudrait bien davantage, s'ils faisaient quelque chose. D'ailleurs comment sauraient-ils ce qu'il
veut, puisqu'il n'en sait rien lui-même, et qu'en réalité il ne veut rien ?

Cela est si vrai, que la seule chose que lui promet-

tent les factions pour lui persuader de changer la
forme de son gouvernement, c'est de lui donner un
maître. Ils ne se mettent pas en autres frais. Boulangistes et nationalistes n'ont jamais dit aux grenouilles
autre chose que ceci : « Au lieu de votre soliveau,
nous vous offrons notre grue. »

Et ces tentateurs ne s'expliquent pas leur insuccès.

Mais tout ceci sont bagatelles.

Voulez-vous contempler le député et le sénateur
dans l'exercice de leur vrai métier, et faisant leur
véritable ouvrage ? Gardez-vous de demander des billets pour être introduits dans les tribunes. Contentez-
vous de vous rendre, un matin où il y a audience,
dans un salon d'attente d'un ministre quelconque ;
vous ne serez évidemment pas reçu, mais vous
pourrez assister au travail parlementaire, tout comme
Sa Majesté le Czar assista à l'Institut au travail aca-
démique.

Tout d'abord vous verrez une foule, une véritable
cohue d'hommes affairés. Des huissiers solennels se
tiennent debout, ou assis devant un bureau, opposant
leur calme à l'agitation générale. De temps en temps,
ils consultent une grande feuille où sont écrits des
noms. De temps en temps aussi, quelqu'un des solliciteurs se détache. et vient consulter la feuille, pour
savoir si bientôt son tour arrive.

Tels les gardiens des portes infernales repoussent
sur le Styx les pauvres âmes pressées. Virgile a décrit
la chose en vers admirables.

Les mandataires du peuple souverain sont en train
d'exercer ainsi la souveraineté qui leur a été déléguée.
Et le peuple souverain ne se sent pas du tout humilié.
Il ignore d'ailleurs, et la perte de temps qu'il fait
subir, et l'argent qu'il coûte, et l'ennui nauséabond
de ces longues heures d'attente, qui devraient être
consacrées au service de l'Etat, et qui ne le sont qu'à
des intérêts particuliers.

Les électeurs, surtout ceux des villages, s'imaginent volontiers que Paris est comme leur endroit, qu'on s'y rencontre et qu'on s'y voit sans peine. Et souvent ils accusent de mauvaise volonté un pauvre diable de député, qui, dix fois de suite, et avec je ne sais combien d'heures de voitures, a attendu le personnage avec qui il doit s'entretenir d'une affaire, qui ne les intéresse ni l'un ni l'autre. « Ça lui coûte si peu », dit le brave électeur, persuadé d'ailleurs : 1° que son affaire est unique au monde, et qu'on n'a à penser qu'à lui ; 2° que son bulletin unique lui donne tous les droits, et que lui seul a nommé son député. « S'il me lâche », dit-il, « je le lâcherai ». Et il ne lui faut pas plus qu'une croix de mérite agricole non obtenue, pour changer d'opinion et passer au parti adverse. Voilà comme il comprend la politique, et quelle est la profondeur de ses convictions.

— « Quoi ? vous aussi ? » — « Mon Dieu, oui. » — « Etes-vous inscrit avant moi ? » — « Je n'en sais rien. » — « Serez-vous long ? » — « Deux secondes. » — « Je la connais. » — « Je vous assure : il faut encore que j'aille ailleurs avant midi. » — « Moi, voilà douze fois que je viens pour la même affaire ; on me promet, on ne tient pas. » — « Bon, voilà Dutemps ; bonjour, Dutemps. » — « Est-ce qu'il y a longtemps que vous attendez ? » — « Ne m'en parlez pas, je suis le dix-septième et le numéro 3 n'en finit pas. Qui est-ce ? » — « C'est Ratat. » — « Oh ! lui, quand il est quelque part !... » — « Je crois que c'est un truc pour que les autres n'obtiennent rien. » — « Moi, je ne serai pas long, j'ai fait une note, je la laisserai au ministre. » — « Connu. Il la mettra sur son bureau, à gauche, et, quand vous serez parti, il s'en servira pour allumer sa cigarette. » — « Tonnerre ! Si je savais ça ! » — « Oui, mais voilà, vous ne le saviez pas. »

Voyez sur ce fauteuil ce vieux sénateur, à demi

endormi, qui de temps en temps se réveille pour tirer sa montre. L'an dernier, il était ministre, et par conséquent de l'autre côté de la porte. Cette année, les personnages ont changé de place ; mais la comédie est la même. Le vieux sénateur a un nouveau concierge, qui ne dédaignerait pas les palmes académiques ; s'il était encore ministre, il se garderait bien de les lui donner ; mais, comme il ne l'est plus, il va les demander à son successeur.

Les huissiers sourient dédaigneux, parfois indulgents. Qu'est-ce pour eux qu'un ministre ? Celui qui est là sera peut-être demain en prison et passé à tabac, comme il sied. Cette considération n'est pas sans nuire au respect hiérarchique. D'ailleurs n'habitons-nous pas une république étrange, où l'on ne respecte que les princes et les personnages étrangers ?

J'ai le regret d'être obligé de constater que parfois une pièce de deux francs, ingénieusement glissée dans la main du serviteur, n'est pas sans effet pour faciliter l'accès du maître. Le maître est si peu puissant que souvent je me suis demandé s'il ne vaudrait pas mieux lui donner, à lui, la pièce de quarante sous, pour qu'il consentît à vous présenter à son huissier.

XII

LES séances publiques sont de deux sortes.

Il y a les séances où l'on s'occupe d'affaires sérieuses, et où il n'y a personne. Il y a les séances, qui sont consacrées à *s'engueuler*, où tous les sièges sont occupés, et où l'on refuse du monde dans les tribunes.

Lorsque quelqu'un demande une place à un député, il ne manque jamais de lui dire :

« Surtout que ce soit pour une séance intéressante. »

Le député comprend ce que cela signifie. Cela signifie une séance où l'on se traitera de crapules, et où l'on s'injuriera des façons les plus variées.

Cela n'empêchera pas d'ailleurs l'électeur, que ce spectacle aura réjoui, et qui n'en aura pas voulu voir un autre, de proclamer partout son mépris pour les députés, qui consacrent leur temps à se dire des choses désagréables, au lieu de se livrer à des travaux utiles. Mais, malheureux, de quoi te plains-tu, puisque c'est ce que tu désires ?

Il en est de ceci comme des journaux. Chacun déplore que les journaux soient pleins de scandaleuses inepties, mais chacun les achète, les fait vivre, délaisse la feuille honnête et bien rédigée.

Les choses en sont venues au point qu'il n'y a même plus aujourd'hui de partis politiques proprement dits.

Autrefois il y avait encore des combats de doctrines. A l'heure où nous sommes, cela même a disparu. La confusion la plus grande est dans le camp d'Agramant, et l'on se porte des coups dans les ténèbres, ainsi que dans l'auberge de Don Quichotte.

Rien n'est plus curieux à ce point de vue que le mouvement dit nationaliste. Cela ne signifiait rien et c'était effroyable. Les nationalistes étaient gens qui ne savaient ni ce qu'ils étaient ni ce qu'ils voulaient, mais qui y tenaient tellement, qu'ils vous eussent égorgé avec une rage indomptable tous ceux qui ne partageaient pas leur opinion, bien qu'ils ignorassent laquelle.

La querelle des gros Boutiens et des petits Boutiens n'était rien à côté de cette querelle. Car les petits Boutiens savaient au moins qu'ils voulaient manger les œufs par le petit bout, et les gros Boutiens n'ignoraient pas qu'ils tenaient à manger les œufs par le gros bout. C'était frivole, mais cela était. Le nationalisme n'était pas. C'est pourquoi, puisqu'il s'agit de bout, on ne savait par quel bout le prendre.

Demandez à un nationaliste ce qu'il est, il roulera de gros yeux hébétés, et vous répondra :

« Je suis nationaliste. »
— « Mais, mon ami, êtes-vous monarchiste ? »
— « Selon l'aventure. »
— « Impérialiste ? »
— « Il n'est pas impossible. »
— « Républicain ? »
— « Peut-être. »
— « Socialiste ? »
— « Il se pourrait. »
— « Clérical ? »
— « Il se peut faire. »
— « Imbécile ? »
— « Assurément. »

— « Avez-vous envie de changer de gouvernement ? »

— « Je n'en sais rien. »

— « Etes-vous pour le régime parlementaire ou pour le pouvoir personnel ? »

— « L'un ou l'autre. »

— « Mais que feriez-vous, si l'on vous priait de faire quelque chose ? »

— « Selon la rencontre. »

— « La constitution actuelle ne vous plaît point ? »

— « Nenni. »

— « En préférez-vous une autre ? »

— « Je ne sais. »

Ne prolongez pas la conversation. Votre homme vous crierait au nez : Vive l'armée ! (1) et vous donnerait des coups de poing. C'est là toute sa conception politique et sociale.

Jamais on ne vit stupidité plus merveilleuse.

Un jour il a été démontré qu'un innocent était au bagne. Là-dessus, les Français se sont divisés en deux camps, d'un côté ceux qui voulaient qu'on relâchât l'innocent, parce qu'il était innocent ; de l'autre ceux qui voulaient qu'on le gardât, parce qu'il était juif.

En réalité, il n'y a que deux grands partis en France, celui des intelligents et celui des imbéciles.

Ces derniers sont représentés à la Chambre par des êtres stupéfiants, qui semblaient vraiment nés pour ce rôle, tant leur front déprimé et leurs allures simiesques indiquent à première vue des mammifères d'une espèce inférieure. Le philosophe les contemple avec inquiétude, car ces mammifères ne se contentent pas d'être sans cervelle ; ils sont, en outre, méchants. Quelques-uns rappellent des animaux connus, celui-ci un coq, celui-là un phoque, ce troisième

____

(1) Mots à la mode : hier: « Vive l'armée ! Mort aux Juifs ! » Aujourd'hui : « Hou ! hou ! A bas la calotte ! » Autres temps, mêmes sottises.

un dindon, ce quatrième un faucheur, ce cinquième
un gorille, etc., etc. Ce n'est pas un groupe : c'est
une ménagerie.

Le boulangisme même n'était point haineux. Ce
n'est que depuis le Panama qu'on a vu naître la
haine. Les boulangistes avaient plutôt l'air d'aimables
farceurs, qui la trouvaient bien bonne. Ce n'étaient
pas des gens à fusiller leurs ennemis, s'ils avaient
réussi ; la conspiration sentait les cafés, d'où elle sortait ; il s'en serait fallu d'un rien pour que ces Césa-
riens-là vous offrissent à boire entre deux émeutes.

C'est en quoi cette Fronde était encore française ;
on l'eût prise pour une mazarinade. Mais aujourd'hui
il n'en va plus de même. La bêtise s'est doublée de
férocité. Toutes les qualités qui faisaient honneur à
notre race ont complètement disparu dans cet oura-
gan pestilentiel. La grossièreté a remplacé la politesse ; le mensonge la loyauté ; et toute bonté et
toute pitié s'en sont allées.

Il est clair que cette fois nous avons affaire à des
brutes, qu'allèche l'odeur du sang, et qui s'y vautre-
raient avec plaisir. Le massacre lâche est leur élé-
ment. On se demande d'où sortent ces êtres abjects,
étalés soudain sur la politique, comme une lèpre sur
un corps malade.

*
* *

Ces débats dans le vide, ces séances telles qu'on
n'en vit jamais nulle part, puisque l'outrage y est
sans motif, et le boucan sans conviction, font la joie
des tribunes. Spectateurs et spectatrices sont dignes
des comédiens ; tout cela se vaut, et va roulant pêle-
mêle dans un trou infect, que le plus optimiste a
pourtant peine à prendre pour le chemin de la rénovation sociale.

On ne dira plus que les belles plantes sortent du
fumier. Mais je vois bien le fumier, et je ne vois pas
les plantes.

XIII

OILA bien des critiques ; et le lecteur avisé serait fort autorisé à me demander à mon tour ce que je veux.

« Car enfin, Monsieur », pourrait-il me dire, « vous morigénez le régime actuel avec presque autant d'acrimonie que les pires réactionnaires, et pas plus qu'eux vous ne nous dites par quoi vous voudriez le remplacer. »

Je croyais l'avoir dit suffisamment, quand j'ai dit qu'étant républicain, je voudrais la République.

La République n'est pas un mot qu'on écrit sur les murs.

Je me souviendrai toute ma vie avec émotion de ces braves gardes nationaux, qui montaient la garde après le quatre septembre, et qui disaient :

« Enfin nous avons la République. La France est sauvée. »

Ils croyaient à la vertu d'un substantif, et que la proclamation de la République allait faire reculer l'armée allemande, et la forcer à repasser les Vosges.

On a vu qu'il n'en était rien ; et l'on s'en est profondément étonné. C'est le même étonnement qui règne encore aujourd'hui parmi les républicains, lorsqu'ils sont obligés de constater que, bien qu'ils aient la République, il n'y a rien de changé autour d'eux.

Nos gardes-républicains et nos gendarmes les passent à tabac avec une désinvolture au moins égale à celle qui caractérisait la police impériale. L'armée prétendue nationale a continué à être Césarienne, jusqu'au moment où l'anti-militarisme y a introduit l'indiscipline et l'anarchie. La justice est rendue de la même façon ; la procédure n'a pas changé ; huissiers, avoués, notaires aspirent toujours l'argent de la veuve et de l'orphelin, et s'enrichissent comme devant aux dépens des pauvres diables. L'administration devient de plus en plus tracassière ; les impôts augmentent, et leur répartition continue à offenser l'équité et le bon sens.

Nous dépensons un argent fou pour   struire des jeunes gens, et, dès qu'ils sont en âge, nous les envoyons à la caserne, afin qu'on les abrutisse. Les hiérarchies sont les mêmes ; notre code est toujours le code Napoléon. La France ressemble à cette baraque de saltimbanques, sur laquelle l'affiche annonçait tantôt *Paul et Virginie*, tantôt *les Jeunes amoureux de Saint-Domingue*, tantôt *L'absence est le plus grand des maux* ; et c'était toujours la même pièce.

Que de fois j'ai entendu dire à la tribune cette sottise : La république est un gouvernement comme un autre ! Mais non, mon ami, la République n'est pas un gouvernement comme un autre ; et, si c'était un gouvernement comme un autre, ce ne serait pas la peine de changer de gouvernement.

Qu'est-ce donc que la République ?

La République est le gouvernement de tous par tous, comme la monarchie est le gouvernement de tous par un, et l'aristocratie le gouvernement de tous par quelques-uns.

Qui dit gouvernement de tous par un dit oppression ; qui dit gouvernement de tous par tous dit liberté. Pourquoi ? Parce que, si un seul citoyen n'était pas libre, il ne serait plus gouvernant. Tout le monde étant souverain, tout le monde doit être libre ; car souveraineté implique avant tout liberté, et il n'y a pas de souveraineté sans liberté. Donc toute atteinte portée à la liberté est une atteinte portée à la République.

La nation étant souveraine, doit posséder tous les pouvoirs des souverains. Un souverain ne choisit-il pas ses administrateurs, ses juges, tous ceux en un mot qui sont chargés de le servir ? Si la nation n'a pas ce choix, sa souveraineté n'est qu'une duperie.

Elle l'a, me direz-vous, mais par procuration. Elle nomme des représentants, qui nomment un président, qui nomme des ministres, qui choisissent tous les agents d'exécution. Donc c'est tout comme si la nation les nommait elle-même.

Erreur. La souveraineté déléguée n'est pas la souveraineté. Quand Louis XIII laisse tout faire à Richelieu, ce n'est plus Louis XIII qui est roi ; c'est Richelieu. La nation, laissant faire par d'autres qu'elle-même les lois qui la régissent, et laissant exécuter ces lois par d'autres encore, qu'elle n'a pas choisis, n'est pas maîtresse, mais soumise. C'est toujours le principe monarchique en action, avec cette différence qu'il n'est plus héréditaire, mais électif. Il a perdu sa force, et conservé ses vices.

Eh quoi ? Voudriez-vous donc qu'on soumît au suffrage universel et le vote de toutes les lois, et le choix de tous les fonctionnaires ? Ce serait pousser le principe à l'absurde. Non seulement le suffrage universel en est incapable, et nous tomberions dans un galimatias, dans une confusion inexprimables, mais encore le fonctionnement serait matériellement impossible. Les électeurs passeraient tout leur temps à voter.

Je ne suis pas fâché de vous avoir amenés à cette constatation, et c'est précisément ce que je voulais. Oui, le gouvernement direct est tout à fait impossible. Or, comme, s'il n'y a pas de gouvernement direct, il n'y a pas de république, qu'en conclure ? que la République est également impossible ? Point ; mais qu'elle n'est possible qu'à la condition de réduire de plus en plus, et jusqu'à complet anéantissement, ce qu'on appelle le gouvernement, conception d'ailleurs en soi-même contradictoire avec la République, puisqu'elle l'est avec la liberté.

Evidemment le suffrage universel est inapte à faire des lois. Mais pourquoi faire des lois ? Moins il y en aura, mieux cela vaudra. Laissez faire, laissez passer. L'abbaye de Thélème : Fais ce que voudras. Telle est la République idéale. Plus un peuple a de lois, moins il est libre ; le bon sens même l'indique, puisque toute loi est une entrave à la liberté. Certains républicains prudhommesques vous disent: « La liberté est le droit de faire tout ce qui n'est pas contraire à la loi. » Je n'ai jamais entendu de définition plus bête ; car je vous demande un peu, dans le cas où la loi me défend tout, où est ma liberté. Etre opprimé par un homme ou par une loi, c'est tout un.

Donc le moins de lois possible ; et de là découle tout naturellement : le moins de fonctionnaires possible, le moins d'administration possible, le moins d'organisation possible. Mais c'est l'anarchie ? Je le crois bien.

Toute république qui ne se dirige pas vers ce but : le moins de gouvernement possible, est une république qui tourne le dos à la République.

Toute République qui n'est pas anarchique, ou qui ne tend pas à le devenir, est une fumisterie. Je viens de le démontrer ; et mes adversaires eux-mêmes m'y ont aidé en proclamant l'incapacité du suffrage universel à exercer le gouvernement.

Quand les hommes n'auront plus cette manie d'être gouvernés, alors seulement ils cesseront d'être esclaves. Jusque-là, ils auront beau chanter leur liberté sur tous les tons, ils prouveront tout bonnement qu'ils ne sont que des imbéciles. Toutes les fois que les Français font une révolution, ils me rappellent ce prisonnier d'opérette, qui forçait la grille de son cachot, non pour en sortir, mais pour y rentrer.

Etre gouverné, c'est obéir ; et M. de la Palice en personne comprendrait qu'obéir, c'est le contraire d'être indépendant.

Donc les revisionnistes autoritaires et nous, nous sommes séparés par ceci, qu'ils veulent renforcer le gouvernement, et que nous voulons l'affaiblir. On ne peut pas être plus éloigné. Ils trouvent que nous n'avons pas assez de gouvernement, nous trouvons qu'il y en a encore trop.

Notre constitution ressemblerait assez à la constitution de 1793, qui, ainsi qu'on sait, n'a jamais été appliquée. Dans toutes nos constitutions, il y en a eu par hasard une bonne, et c'est la seule qui n'a pas été mise en pratique. On pourrait, il me semble, revenir à quelque chose d'analogue.

Suppression de la présidence. — Assemblée unique ; mais, pour éviter les surprises, et établir un contre-poids, la plus large décentralisation régionale, et l'usage du referendum. — Ministres pris en dehors de la Chambre, divisée en comités. — Election des juges.

C'est en somme notre vieux programme radical. C'est tout bonnement la République que nous voulions fonder, et qu'on nous a escamotée.

XIV

ICI un aveu.

Je confesse que, pour pour réaliser la république, la première condition, c'est d'avoir affaire à des républicains. Et j'en connais si peu, si peu dans ce beau pays de France, qu'en vérité je crois qu'ils tiendraient tous dans mon cabinet de toilette.

Ce n'est pas qu'à l'instar de ce vieux fumiste de Montesquieu, j'exige que les républicains soient vertueux. Si les Républiques ne pouvaient exister sans vertu, il faudrait y renoncer, la vertu n'habitant que les vagues régions des fées et des génies. J'ai d'ailleurs horreur des gens vertueux, tous ceux que j'ai connus n'ayant jamais été que de franches canailles.

Non, il n'est pas nécessaire qu'un républicain soit vertueux ; mais il est indispensable qu'il ait de la dignité et du bon sens. Or, tant que vous verrez un peuple se précipiter au-devant d'un prince qui passe, pour savoir comment c'est fait, et si ça n'a pas deux nez ; tant que vous entendrez les concierges et les conciergisants prononcer avec tremblement ces appellations sacrées : Madame la Marquise, ou Monsieur le propriétaire ; tant qu'une foule de quémandeurs se ruera dans les antichambres, pour solliciter des décorations ; tant qu'il suffira à un Monsieur d'avoir des galons pour inspirer le respect ; tant que personne en un mot n'aura le sentiment de la liberté, ni de l'égalité ; tant que vous aurez affaire à des laquais, non à des citoyens, il sera difficile de fonder la République, faute de républicains.

Avant tout, il faudrait donc essayer d'en faire ; et c'est ce à quoi l'on pense le moins.

Nous fabriquons des soldats, des fonctionnaires, des gens de loi, des artistes, des agriculteurs, des ouvriers ; mais de républicains point. Quand nos enfants ont passé leurs examens, ils savent tout, sauf ce que c'est que la République. Et, comme ils ne le savent pas, ils seraient fort empêchés de l'enseigner à ceux qui viendront après eux.

En revanche, ils savent admirablement tout ce qui est le contraire de l'esprit libéral et démocratique. Soldats, on leur a appris à obéir ; fonctionnaires, à sacrifier le fond à la forme ; juges, à appliquer le droit, c'est-à-dire l'iniquité ; agriculteurs, industriels, à compter toujours sur l'Etat-Providence, c'est-à-dire sur le maître. On a chassé les monarques, mais on a gardé, et l'on entretient avec amour les sujets.

En sorte que nous vivons dans un cercle vicieux. On ne fait pas la République, parce qu'on ne fait pas de républicains ; et l'on ne fait pas de républicains, parce qu'on ne fait pas la République.

Cela dure depuis très longtemps ; et l'on ne voit pas du tout comment cela peut finir.

***

Cela ne finira point. Comment voulez-vous que cela finisse ?

D'abord la constitution ne le permet pas. J'ai déjà montré comment, tout en autorisant la revision en théorie, elle l'a rendue impossible dans la pratique, en la soumettant à des conditions, qui ne peuvent jamais se réaliser. Nous avons le droit de marcher, mais on nous a préalablement lié les jambes ; nous avons le droit d'agir, mais on nous a préalablement lié les bras. On l'a bien vu lors du soubresaut, qui eut lieu sous Ferry, et où l'on essaya de se dégager. Ce fut la dernière tentative ; elle démontra pour toujours l'inanité des efforts.

Le courant d'opinion, qui seul pourrait faire cesser cet engourdissement, est en outre aussi impossible à établir. La France croit la République liée à sa Constitution ; et comme, ainsi que je viens de le dire, on ne lui a pas appris ce que c'est que la République, ce qui ne l'empêche pas de vouloir être réupblicaine tout de même, elle se contente de demander ce qu'elle appelle des réformes.

Or, des réformes, elle ne saurait en avoir, et n'en aura d'aucune sorte. Il n'est pas bien sûr d'ailleurs que ces réformes lui seraient aussi agréables qu'elle le croit.

Un parlement ne fait pas de réformes. Un parlement, quand il fait quelque chose, fait des lois. Autrement dit, il empire ce qui est, et ne l'améliore point. Ce qui réforme, c'est un seul homme, ou une révolution. Ce qu'on n'exécute pas le lendemain de cette révolution n'est jamais exécuté. Le régime parlementaire est par son essence un régime de *statu quo.*

Les deux seules grandes réformes accomplies par la république sont contradictoires, et s'annihilent réciproquement. Ces deux réformes sont l'instruction obligatoire et universelle, et le service militaire non moins obligatoire, et non moins universel. Autrement dit, l'obligation de la libération et l'obligation de la servitude. Nous apprenons à nos enfants à juger; après quoi, on le leur défend.

Ces deux réformes ont eu un double résultat fâcheux. La première a créé des déclassés, qui deviennent aisément des sots et des rebelles ; la seconde a accoutumé les citoyens au respect et à l'adoration de la force matérielle.

Une société est un ensemble. Il vaut mieux n'y pas toucher, que de transformer seulement un de ses rouages. On croit que le reste ira mieux, et rien ne va plus. La société française n'était pas établie de façon à accepter ces deux réformes, qui lui sont contradictoires autant qu'elles le sont entre elles.

On s'est bien gardé de toucher à l'impôt. Heureusement. L'organisation sociale étant telle qu'elle est, toute réforme fiscale, quelque bonne volonté qu'on y mette, ne peut être qu'une aggravation des charges du pauvre. L'âne porte son faix en équilibre, et marche tant bien que mal ; si vous essayez de le disposer mieux, vous le ferez si rudement sentir à l'animal, qu'il tombera écrasé.

Vous ne supposez pas que jamais le parlement diminuera le nombre des fonctionnaires. Chaque année les voit s'augmenter. Il faudrait avant tout que tous les Français ne voulussent point des emplois, et que tous les députés ne fussent pas obligés de les solliciter pour leurs électeurs.

Les socialistes m'amusent. Ils s'imaginent qu'avec un tas de lois et de réglementations, ils vont améliorer le sort de l'ouvrier, et régler les relations du capital et du travail. Les seuls qui soient logiques sont ceux qui comprennent la nécessité préalable d'un chambardement général. Mais sœur Anne pourra longtemps rester sur sa tour ; elle n'apercevra guère que l'exploitation qui poudroie et la misère qui verdoie.

Il est beaucoup plus aisé de crier qu'on veut des réformes que de savoir et de dire en quoi elles consistent. Supprimer les abus, voilà qui va bien ; mais qu'entendez-vous par abus ? Chacun entend par là ce qui le gêne personnellement ; et l'humanité n'a pas changé depuis la fameuse parabole du Christ, où le créancier qui remet la dette de son débiteur voit ce dernier faire emprisonner le sien avec une ardeur non pareille. Celui qui a dit que l'intérêt général était la somme des intérêts particuliers, a dit une grosse sottise ; car vous aurez beau additionner des pommes et des poires, vous n'obtiendrez jamais un fruit unique au total. Et, comme dit la chanson, mille revers ne font pas un succès.

Ce qui fait qu'un parlement ne peut aboutir à rien, c'est qu'il ne représente que des intérêts. Il faudrait une assemblée qui ne représentât que la justice et la vérité.

Va-t'en voir s'ils viennent, Jean.

XV

EN dehors de toute politique, les représentants de la nation se peuvent classer en différentes espèces :

Nous avons :

Le député sérieux. Celui qui est convaincu qu'il manquerait à la terre s'il n'était point né, et qui porte sa conviction dans un grand portefeuille, qui ne le quitte jamais. Celui-là est toujours affairé, toujours préoccupé. Pense-t-il à la petite Sidonie ? Cela n'est pas invraisemblable. Il est pourtant plus supposable qu'il suppute les chances qu'il pourrait avoir d'accrocher un portefeuille. Le Palais-Bourbon est pour lui le centre du monde ; il ne manque pas une séance, se fait nommer de toutes les commissions possibles, rédige des propositions de lois, accepte des rapports. Parfois, avec solennité, vous le surprenez, pérorant, dans la salle des Pas-Perdus, au milieu d'un cercle de journalistes moqueurs ; mais il ne s'aperçoit pas que c'est de lui qu'on se moque. C'est un sot. Essentiellement ministrable. Ministre ou député, il ne changera rien à rien ; seulement ce qu'il se donnera de mal pour cela est inimaginable.

Le député bon enfant. C'est un Roger Bontemps. Il est content. Fait ses discours à la buvette, ce qui vaut beaucoup mieux que de les faire à la tribune ; car, à la buvette, les auditeurs, à quelque parti qu'ils appartiennent, sont toujours sympathiques. C'est même un fait digne de remarque, que le même monsieur, qui vient de vous traiter de sale charogne dans la salle des séances, vous appelle mon cher collègue, si vous le rencontrez en train d'allumer sa cigarette.

Le député bon enfant fait des calembours. Si le calembour, ce qui n'est pas souhaitable, disparaissait du reste de la terre, vous le retrouveriez à la buvette parlementaire. C'est là où l'on raconte les bourdes des collègues. C'est là où l'on citait l'inépuisable série des pataquès d'un vieux brave homme, que je ne nomme pas, parce qu'il est décédé dans l'impénitence finale.

Peut-être lui en attribuait-on ; car on prête beaucoup aux riches.

C'était lui qui, se plaignant des mouches dans le Midi, disait qu'heureusement sa femme avait son *mousquetaire* sur son lit. C'était lui qui se déclarait sans dévotion, mais pourtant ne manquait pas, lorsqu'une procession passait, de saluer *le saint viaduc*. Ce fut lui qui, lorsqu'on lui apprit que Félix Faure, à l'agonie, avait gardé *sa connaissance*, regretta qu'il ne s'en fût pas séparé dans le domicile conjugal.

Ce fut à cette buvette qu'on fit tant de gorges chaudes après un discours, d'ailleurs fort remarquable, de Frédéric Passy, discours où ce dernier avait parlé d'une réunion publique, où l'on avait *trop été*, et, ne s'apercevant pas des rires soulevés par la liaison, aggrava son cas en signalant je ne sais quel léger bruit.

M. Goblet aussi y eut son heure de gloire, alors que, Président du Conseil, il venait de s'écrier : « Le bal Bullier, Messieurs, si j'ose m'exprimer ainsi. »

Il faut voir cette buvette dans les suspensions de séance, surtout quand, pris d'un beau zèle, les députés se passent de dîner. C'est alors qu'on peut dire que le contenu dépasse le contenant. Des centaines d'affamés et d'altérés encombrent un espace qui en contiendrait tout au plus cinquante, se ruant sur des victuailles tout à fait insuffisantes ; car une sage économie ne permet de distribuer que du jambon, du fromage de Gruyère et des sandwichs. Je n'ai jamais eu la curiosité d'examiner les comptes de cette buvette ; mais je me suis souvent demandé, à vue de nez, comment tant d'argent ne fournissait que si peu de chose. On retient en effet cinq francs par mois à chaque député, ce qui donne soixante francs par an, lesquels multipliés par 580, fournissent un total de 34.800 francs. Faites état de six mois de vacances et de congés. Ajoutez qu'un grand nombre de députés n'y mettent jamais les pieds ; moi, par exemple, j'y prenais bien deux verres de limonade par mois, ce qui, pour soixante francs par an, est largement payé. Après calcul, vous serez comme moi : vous n'y comprendrez rien.

Il y avait jadis, dans cette buvette, un vieux fauteuil de paille, aujourd'hui disparu pour cause d'embellissement. Ce fauteuil semblait avoir été réservé, de toute éternité, au vieux démocrate Vernhes, qui nous y disait tout ce qu'il permettait de dire à la tribune, où d'ailleurs il ne monta jamais.

Nous avons aussi le député ami des dames. Celui-là a dans son pupitre une lorgnette énorme, et consacre la moitié de son temps à la fixer sur les galeries occupées par le public. Il sourit, et fait le beau. Celui-là n'est dangereux, ni pour les affaires, dont il ne se préoccupe guère, ni pour le beau sexe, dont il s'occupe trop. Je plains ces galantins, quand ils sont mariés ; car, tandis qu'ils vont à la chasse, je ne m'étonnerais pas que leur place fût prise au coin du feu.

Nombreux sont les députés qui, n'ayant pas de secrétaire, rédigent leur correspondance à la Chambre ou dans la salle des conférences. Cette salle, dite des conférences, je ne sais pourquoi, car jamais on n'y a conféré, est assez belle. On y voit une statue d'Henri IV, se déclarant plein d'amour pour son peuple, plus un tableau qui représente les bourgeois de Calais, tout cela n'offrant qu'un rapport assez lointain avec la discussion du budget ; puis on y trouve les journaux.

A ce sujet, il sied de constater notre infériorité, vis-à-vis de tous les parlements du monde. De tous, nous sommes le plus pauvrement outillé. A Rome, par exemple, les salles de travail sont des merveilles. J'y ai compté plus de deux cents revues, toutes celles de l'univers. Nous, nous en avons deux, la *Revue bleue* et la *Revue Britannique*. Celle-ci doit être un cadeau. L'éminente et lourde *Revue des Deux-Mondes* n'y brille que par son absence.

Ces choses sont en effet assez inutiles pour écrire des lettres. Je n'étonnerai personne en disant que, cette salle étant destinée au travail de bureau, l'architecte s'est empressé d'y multiplier les courants d'air. Ces courants d'air y sont même disposés d'une façon très ingénieuse. Une superbe cheminée, où brûlent des troncs d'arbres, vous attire tout d'abord, et vous inspire confiance. Hélas ! combien déplorez-vous votre erreur, lorsque, vous étant abandonné à cette séduction, vous avez pris place autour de la table en fer à cheval, recouverte du tapis vert obligatoire !

Vous n'êtes pas installé depuis deux minutes, que, par une surprise dont il faut savoir gré au progrès, vous ressentez dans le cou un petit souffle, non moins léger que glacial. En même temps, ou presqu'en même temps, vos jambes se gèlent. Position délicieuse pour écrire à ses électeurs. Les imbéciles appellent ça de l'hygiène.

C'est surtout avec cette hygiène-là qu'il n'y a pas

de plaisir. Que voulez-vous ? Il est convenu dans ce siècle de lumière que mourir d'une fluxion de poitrine, c'est encore du bonheur. Le mort doit s'estimer heureux, parce qu'il est mort frais, et qu'il a eu de l'air, comme on dit.

Tel M. Jourdain ne devait point s'estimer touché, du moment où ce n'était pas dans les règles. Si l'on succombe, on a au moins la satisfaction de songer que c'est selon les préceptes les plus hygiéniques.

Essayez un peu de persuader à un voyageur qu'il n'est pas toujours bon d'ouvrir les carreaux, quand il monte en wagon. Ce voyageur vous demandera si vous entendez le priver d'air. Il aime mille fois mieux se priver de la vie.

Un jour que je me plaignais à M. Deschanel de ce système de ventilation, qui sévit également sur la salle des séances, l'aimable président me répondit :

« Ne m'en parlez pas, j'en souffre plus que vous. »

— « C'est pourquoi », dis-je, « je vous en parle. Vous pourriez faire fermer tout ça. »

Il me regarda avec la physionomie d'un homme persuadé que je voulais faire rater sa réélection. Car tout le monde se plaint comme moi ; mais, si l'on s'avisait de dire qu'on n'est plus ventilé, ce serait une révolution. Etre ventilé, c'est comme autrefois être saigné. Cela tue, mais conformément à l'ordonnance. Une bêtise chasse l'autre.

Dans la salle des séances, de rares députés font leur courrier. Nous avions jadis notre ami Commeaux, qui n'avait trouvé de place que sur le plus haut gradin de l'extrême-droite, où il ne cessait de noircir du papier. Ni discours, ni tumulte, ni imprécations ne le troublaient. Il écrivait. Stoïque, indifférent à tout ce qui se passait autour de lui, il écrivait. Le président agitait-il sa sonnette, des acclamations accueillaient-elles un orateur, proclamait-on un vote, lui, impassible, ne s'en souciait, n'en tenait compte ; il écrivait. On eût envahi l'assemblée, comme à Brumaire, on eût jeté dans l'hémicycle une bombe explosible ; il n'eût pas levé la tête, il écrivait.

Et quiconque eût regardé par dessus son épaule, eût lu ces lignes impitoyables :.

« Mon cher compatriote,

« J'ai parlé au Ministre au sujet de l'emploi que sollicite Monsieur votre gendre, etc., etc. »

Commeaux appartenait à l'extrême-gauche ; mais, comme il siégeait à droite, de temps en temps, dans une tribune, un spectateur disait à son voisin :

« C'est dégoûtant. Ces sales royalistes n'écoutent pas un mot de ce qu'on dit. »

Parlerai-je du député hanneton ? Celui-là a toujours quelques mots à placer. C'est la mouche du coche. Il sait tout, s'occupe de tout, interrompt, s'agite, fait de grands bras.

Nous avons aussi le député qui a un dada. Le papa de Mahy, par exemple, qui voyait partout la main de l'Anglais. Si l'on votait des fonds pour venir en aide aux victimes des sauterelles, M. de Mahy s'écriait que la responsabilité revenait toute à l'Angleterre. Si l'on demandait une augmentation pour les facteurs, M. de Mahy affirmait que ces choses-là n'arriveraient pas sans les Anglais. Proposiez-vous à la suite d'une interpellation un ordre du jour de confiance au gouvernement, il avait beau s'agir de la nomination d'un préfet, M. de Mahy n'en déposait pas moins l'addition suivante :

« La Chambre, confiante dans le gouvernement, mais flétrissant les manœuvres de l'Angleterre... »

M. de Mahy était député de la Réunion, c'est son excuse. J'aurai peut-être à étudier plus tard la question de la députation coloniale.

Tout autre était le vieux Martin Nadaud, qui jamais ne montait à la tribune sans parler de Manchester. Quand il demandait la parole, des paris s'établissaient. Parlera-t-il, ne parlera-t-il pas de Manchester ? Le seul jour où il n'en a point parlé fut un jour où j'avais engagé un pari. Ma mauvaise chance l'emporta. Je perdis cent sous.

« Mort aux Anglais ! » s'écriait M. de Mahy à tout bout de champ. D'autres crient : « Mort aux juifs ! » ou « A bas la calotte ! » Mais ceux-ci sont des grotesques.

Grotesques ; je devrais plutôt dire : comiques, d'abord par politesse, puis parce que, pour le plus grand nombre de ceux que je vais citer, le mot ne serait pas juste.

De toute éternité, les Chambres ont connu M. Baudry-d'Asson. M. Baudry-d'Asson, qu'on dit être un excellent homme — et je le crois volontiers, — porte une longue barbe, qui fut noire, et qui aujourd'hui est devenue blanche. Siégeant à l'extrême-droite, c'est le plus fougueux et le plus impénitent des royalistes. Il a pour spécialité d'interrompre par des gloussements dans une langue inconnue. D'une exactitude scrupuleuse, il assiste à toutes les séances. De temps en temps, il obtient la parole. Dans ce cas, l'opération est invariable.

M. Baudry-d'Asson monte à la tribune, déplie un papier, commence, en gravissant l'échelon des notes de musique et s'enrouant en fausset, la lecture d'une déclaration de guerre à la République, qui n'a aucun rapport avec la discussion ; puis, à la troisième phrase, s'effondre, et disparaît. Plus rien à la tribune ; il n'y a plus ni papier ni Baudry. Les huissiers se précipitent, et, après avoir pratiqué des fouilles, finissent par retrouver l'un et l'autre sous le tapis. Ils emportent le tout ; et la séance continue.

Chose curieuse, le lendemain, M. Baudry-d'Asson reparaît plus gaillard que jamais, et semble n'avoir gardé aucun souvenir de l'incident. Aussi le reproduit-il à la première occasion.

Autrefois, M. Baudry d'Asson était secondé dans son emploi par M. le duc de La Rochefoucauld. Ce noble descendant d'une auguste famille est le même, qui, un jour, qu'on lui demandait son nom de baptême, répondit : « Je m'appelle Maxime, comme mon ancêtre. » Maxime de La Rochefoucauld. Son attitude à la Chambre était d'une grande simplicité. De temps en temps, au moment où l'on s'y attendait le moins, il se levait, et criait : « Vive le Roi ! » Puis il se rasseyait.

Jamais nul n'a pu savoir, ni lui non plus probablement, de quel roi il s'agissait, car jamais il ne daigna ajouter un mot d'explication. Le président, étant autorisé à penser qu'il était question du roi de Suède, ne relevait pas l'interruption, d'ailleurs parfaitement inoffensive.

Nous avons eu aussi dans nos rangs quelques types bizarres.

Qui n'a entendu parler de notre ami Michon ? Michon, ancien instituteur, s'était admirablement conduit, en refusant de prêter serment à l'Empire, et perdant ainsi son gagne-pain, car il n'avait alors aucune fortune. Avec une énergie sans égale, il s'était mis à faire sa médecine, vivant Dieu sait comme, habitant un galetas, héroïque. De ce passé digne d'éloges, il avait gardé une sobriété et un manque de tenue, qui lui donnaient une grosse réputation d'avarice. Mais en cela ne gisait pas son originalité.

Michon était un petit homme sec, à qui l'on ne prêtait pas d'âge, et qui en avait un invraisemblable. Il était très vieux, très vieux, et très vert, très vert. Dehors, il courait toujours. Jamais on ne le rencontra autrement que courant sur un trottoir, tête nue, son chapeau à la main. Il ne mettait ce chapeau que lorsqu'il était à l'abri. Il fut le premier qui usa du vélocipède, avant que celui-ci ne fût devenu une bicyclette, et il demandait aux huissiers indignés où était la remise pour sa monture.

Son absence complète d'élégance, et peut-être de propreté, était légendaire. Elle ne fut pas sans lui attirer quelques désagréments.

Il avait voulu faire partie d'une commission envoyée par la Chambre en Algérie. Il lui arriva là tant d'aventures, qu'elles eussent suffi à Daudet pour alimenter un nouveau volume de Tartarin, avec qui, je me hâte d'ailleurs de le proclamer, le brave Michon n'avait aucune sorte de ressemblance.

Un jour qu'en retard, et courant toujours, il avait voulu rejoindre la délégation je ne sais où, un Turco impitoyable lui avait barré le passage, en lui disant :

« Toi trop sale ; toi pas député. »

Ce Turco avait, on le voit, de la représentation nationale une idée toute différente de celle qui a été mise à la mode par les journaux français.

On comptait aussi un combat de Michon avec une chèvre, lequel fut tout à fait homérique. Il fut suivi d'une fuite non moins extraordinaire qu'humiliante pour la dignité parlementaire.

Michon avait horreur des Beaux-Arts. Il ne comprenait pas que l'Etat se préoccupât de ces fadaises. Tous les ans, au moment de la discussion de ce budget, dont j'étais rapporteur, je trouvais devant moi Michon, le farouche Michon, pour demander la suppression de toutes les subventions, spécialement des subventions théâtrales.

Dans une séance, où, lui répondant, j'avais dit que l'Etat, en entretenant des élèves au Conservatoire, s'engageait envers eux, et que, si l'on supprimait les subventions, il était logique de fermer le Conservatoire, Michon bondit à la tribune et s'écria :

« Il ne m'est jamais venu à la pensée de demander la suppression du Conservatoire des Arts-et-Métiers. »

L'excellent homme ignorait absolument l'existence de l'autre.

Il avait un émule dans le député de la Creuse, Cousset, qui proposait de remplacer les danseuses de l'Opéra par des conducteurs d'omnibus, prétendant que ce serait plus moral, et que cela ferait un petit profit à ces derniers, bien autrement dignes d'intérêt que les hétaïres.

Soit pour apaiser Michon, soit par pure raillerie, la direction de l'Opéra lui envoya un jour une loge, dont il retourna immédiatement le coupon. Michon avait cela de commun avec Thémistocle, qu'il n'acceptait pas les présents d'Artaxercès.

Nous eûmes longtemps Douville-Maillefeu, homme de valeur, comte authentique, ancien officier de marine, bourru bienfaisant, qui s'était donné pour mission de mettre les pieds dans le plat. Il avait horreur des curés, et était devenu prosélyte ardent du père Hyacinthe. Quand il prenait la parole, c'était généralement pour nous parler de ses petites affaires, et nous conter des épisodes de sa vie privée. Il se fâchait tout rouge, si on ne l'écoutait pas ; et le président se gardait de le rappeler à la question, de peur d'être giflé.

XVI

L'ART de la parole est évidemment un art inférieur à celui de l'écrivain ; et la statistique suffit à le constater. Il y a en effet, dans ce pays, des milliers d'hommes capables de bien parler. Combien en est-il capables de bien écrire ?

Pour bien parler, comme pour bien chanter, il faut avant tout des qualités physiques. Soyez le virtuose le plus admirable du monde, vous ne pourrez rien, si vous êtes enrhumé. Avoir de bons poumons, une bonne voix, telle est la condition *sine qua non*, condition sans laquelle il n'y a pas d'orateur possible. Tout le talent imaginable ne saurait suppléer à la puissance matérielle.

Il y a aussi des défauts indispensables. Il faut d'abord, pour employer un mot vulgaire, qui rend bien ma pensée, *se gober*. En outre, il faut savoir dire des sottises et des banalités. C'est en quoi excellent les avocats, qui savent tourner l'idée prudhommesque en autant de formes que la lettre à la marquise de M. Jourdain, et qui éblouissent les auditeurs par un feu d'artifice sans foyer. On applaudit : il ne reste rien. Et, si l'on s'avise de lire le discours entendu, on s'aperçoit à la fois et de la pauvreté d'argumentation, et de l'absence de style et d'idées.

Alors on se dit : « Sacrebleu ! j'aurais bien dû le clouer en disant ceci ou cela. » Eh ! oui ; mais c'est trop tard, et d'ailleurs si vous n'êtes pas de la pâte dont on fait les harangueurs, vous n'auriez rien dit du tout, car, sur le moment, vous n'auriez rien trouvé, ou vous vous seriez embarrassé dans vos explications verbales.

La Gaule a toujours été le pays des discours et des chansons. César signalait déjà cet amour de la parole et du panache, qui caractérisait nos ancêtres, et qui s'est si peu perdu, que nous continuons à être gouvernés alternativement par des généraux ou par des avocats. Nos paysans les plus illettrés sont sensibles à l'éloquence, ou à n'importe quel bavardage, qui en tient lieu. Quand vous entrez dans un cabaret, immédiatement les gens vous disent : « Vous allez nous *causer.* » Et il faut causer, c'est-à-dire faire un discours, entasser toutes les redites, parler à tort et à travers, peu importe, mais parler.

Malheur à qui réfléchi, à qui se dit : « A quoi bon ? », à qui voudrait, ou se taire, ou être vraiment original, à qui cherche à être éloquent ! Celui-là ne trouvera rien, sera piteux, et risquera de passer pour un sot, faute de savoir dire des sottises.

Les anciens orateurs écrivaient leurs discours. Parfois ils les lisaient ; parfois aussi ils les récitaient, après les avoir appris par cœur. Je me souviens d'avoir accompagné Louis Blanc à Marseille, où il discourut pendant six heures, à tel point qu'il fallut couper en deux la séance, et prendre du repos. Louis Blanc avait fait imprimer d'avance ce qu'il dirait. Je suivais sur des épreuves, ce qu'on appelle les bonnes feuilles. Il y en avait long, comme vous pensez. Eh bien ! il ne passa pas un mot, ne manqua pas une virgule, j'en étais ébaubi ; moi qui n'ai jamais pu retenir une phrase, sans oublier aussitôt celle qui la précédait.

Il serait difficile aujourd'hui à la Chambre de pratiquer l'une de ces deux méthodes. Celui qui arriverait, muni de son cahier, à la manière des hommes politiques de la Restauration, qui pourtant valaient bien les nôtres, exciterait les risées ; celui qui apprendrait purement et simplement par cœur, risquerait d'être troublé par les interruptions, et de ne plus retrouver le fil de son argumentation. Reste la quasi-improvisation ; et cela est terrible pour qui n'en a pas l'habitude. On monte à la tribune, comme on se jette à l'eau, sans savoir nager ; l'instinct de la conservation fait que parfois on s'en tire tout de même ; parfois aussi, on est noyé.

Quelques silhouettes d'orateurs contemporains méritent d'être présentées.

Sous l'Empire, j'assistai à quelques séances importantes du Corps législatif. L'homme dont le talent me frappa le plus, et qui me séduisit particulièrement, fut Emile Ollivier. Quelle singulière destinée que celle de cet homme, si admirablement doué, et que les événements conduisirent au plus irréparable des désastres, à la plus effroyable des hontes ! Cet esprit éminent, pareil au *Richard Darlington* de Dumas, tomba d'un coup de la montagne gravie, et restera voué à l'exécration des siècles, après avoir failli en être l'admiration. *Vanitas vanitatum !*

Ecoutez, comme se trompent les plus malins.

Je connaissais alors un peu Guyot-Montpayroux, un de ceux qui s'étaient attachés à la fortune d'Ollivier, et qui un jour me contait ceci :

« J'ai eu », me disait-il, « un grand-père, qui me tenait ce langage :

« Mon enfant, j'ai prêté dix-sept serments. Je les ai tous tenus. Et je me suis toujours bien trouvé dans ma vie politique du procédé que voici, et que je te recommande : lorsqu'après une certaine durée d'un gouvernement quelconque, tu verras un chef d'opposition grandir, et, se modérant, répudier son attitude violente, et se placer sur un terrain où puissent se rencontrer momentanément des principes contraires, suis cet homme, c'est l'homme de demain. »

« Voilà pourquoi, ajoutait Guyot-Montpayroux, je me suis rallié à Emile Ollivier. J'ai reconnu en lui l'homme de mon grand-père ! »

Eh bien ! il s'était trompé. Cet homme-là n'était pas Emile Ollivier. Ce fut Gambetta.

Rouher m'a toujours paru extrêmement surfait. Ce gros Auvergnat, plein de soupe, qui mangeait de la bouillie en parlant, était insupportable. Et bête avec cela. Après la victoire de la Prusse sur l'Autriche, cet hippopotame fit cette trouvaille exquise, que les Français devaient être enchantés de voir l'Allemagne divisée en trois tronçons. M. de Bismarck en a bien ri.

Je reconnais d'ailleurs que c'était le temps où tout le monde était bête, et où un journaliste de l'*Opinion nationale* se réjouissait du triomphe de la Prusse, parce que la Prusse était protestante, et l'Autriche catholique. Politique aussi stupide que la nôtre aujourd'hui.

M. Thiers, il faut le reconnaître, fut, après Proudhon, celui qui y vit le plus clair. Il avait eu grandement raison de combattre l'unité italienne, début de la décadence française. J'étais à côté d'Alexandre Dumas fils, lorsque M. Thiers prononça son mémorable discours sur le pouvoir temporel du pape.

M. Thiers nasillait. Don heureux ; car les gens qui parlent du nez sont entendus de loin, et ne se fatiguent pas. Il ne cherchait pas à être éloquent, et y parvenait souvent. Toujours intéressant, comme un homme qui sait beaucoup. Quand il parlait de la patrie, de la France, il pleurait ; et ses larmes gagnaient l'auditoire.

Dumas, en partant, disait : « Ça file comme du macaroni, on dirait du Sardou. »

Il ne s'est jamais douté que quelqu'un avait entendu.

Inutile d'ajouter que les républicains traitaient Thiers de vieille fripouille.

Jules Simon pleurait aussi ; mais il pleurait surtout sur lui-même. Jamais je n'ai entendu Jules Simon commencer à parler sans s'excuser de sa faiblesse, et de l'état de sa santé, qui ne lui permettrait certainement pas d'aller jusqu'à la fin. Il parlait pendant cinq heures, et remarquablement ; quant à son état maladif, il le conduisit, comme on sait, jusqu'à un âge aussi avancé que Voltaire.

En ce temps-là, je gagnais assez péniblement ma vie. Un jour, je ne sais plus quel journal me demanda la biographie de Jules Simon. Je l'ignorais, et l'inventai de toutes pièces. Jules Simon m'écrivit une belle lettre pour me remercier ; mais il ajoutait :

« Vous m'avez comblé. Seulement je m'aperçois que je ne savais pas encore un mot de ce qui m'était arrivé. »

Ce fut le début de nos relations.

Je me liai intimement avec son fils Charles, alors comme moi rédacteur au *Rappel*. Ce fut Charles qui me fit entendre pour la première fois Gambetta dans un banquet, à Grenelle. Je suis de ceux que l'éloquence de Gambetta n'a jamais beaucoup enthousiasmé. Comparé à Floquet, il était certainement beaucoup ; mais il était bien peu, comparé à Mirabeau, à Danton, ou même à certains tribuns de 1848. A vrai dire, Gambetta a eu beaucoup de chance d'être du Midi.

Le nom de Gambetta sert de transition toute naturelle entre l'Empire et la République ; et je saute jusqu'en 1880.

Je trouve alors à l'extrême-gauche Louis Blanc, dont j'ai parlé tout à l'heure. Louis Blanc, aussi petit de taille que Thiers, était un orateur infiniment correct et élégant. Intelligence droite et élevée, cœur simple, mœurs douces et modestes. Il est mort sans laisser de fortune, à la mode antique. Il habitait un petit appartement, où son concierge laissait difficilement monter les visiteurs. Il couchait dans un petit lit de fer, comme un écolier.

Mais Louis Blanc, c'était déjà du passé. La partie se jouait alors entre Gambetta et Clémenceau, qui tous les deux la perdirent. Depuis, le navire parlementaire a abandonné toute direction, et vogue au hasard des vents.

Clémenceau est, à mon avis, l'exemple le plus étonnant de la force de la volonté chez un homme. Pourquoi était-il né ? On en est encore à le savoir. La nature ne l'avait destiné à rien. Il a démontré qu'un homme à cerveau puissant peut faire de sa nature ce qu'il veut qu'elle soit, sans d'ailleurs posséder rien de ce qu'on appelle un don particulier, une vocation.

Tout d'abord médecin, il n'a jamais su pourquoi, ni ses malades non plus, mais, s'il l'eût mis dans sa tête, il fût devenu grand médecin tout comme un autre, il s'avise, grâce aux événements politiques, de se faire nommer maire de Montmartre. Car il appartient à cette génération, qui a vu sa vie coupée en deux par la guerre de 1870, et devant qui s'est ouvert tout à coup un chemin tout différent de celui pour lequel elle s'était préparée.

Ceci est plus fort que toute volonté. La victoire que remporte la volonté de l'homme n'est pas une victoire sur les événements ; c'est une victoire qui consiste à s'adapter aux événements, et à changer de direction, sans en être troublé ni affaibli.

Clémenceau devint un homme politique. Le voilà à la Chambre. Il parle, il est exécrable. Il ne veut plus l'être, il est superbe. Il crée un genre d'éloquence, qui lui est et lui reste tout à fait personnel. Il a la conviction, et il la porte dans l'esprit de ses auditeurs.

Ce Vendéen joint l'entêtement du Breton à la fougue méridionale. Il s'impose, il est irrésistible. Tout simplement parce qu'il l'a voulu.

Le jour où le sort lui devient contraire, la transformation est plus violente, et plus curieuse encore. Tout autre eût été écrasé par l'odieuse campagne de ses adversaires, qui cherchèrent à le déshonorer, et l'ensevelirent sous d'abominables outrages. La tribune lui est interdite ; le parlement lui est fermé ; vous croyez qu'il va se décourager, songer à ses soixante ans, à l'ingrate république, se retirer en quelque Thébaïde, où il finira ses jours dans le repos. Cela est bon pour les rêveurs, mais Clémenceau n'est pas un rêveur. Seule, la lutte lui plaît. On lui retire la parole, il prendra la plume.

Quand on nous apprit cette intention, ce ne fut pas sans sourire que nous en accueillîmes la nouvelle. Nous avions vu Clémenceau, directeur de la *Justice*, où jamais il n'écrivait un mot. Si parfois il entreprenait un entre-filet, c'était le diable pour aboutir ; et, les trois quarts du temps, il n'aboutissait pas. Clémenceau écrivain ! Oh ! là ! là ! Comment en sortira-t-il ?

Non seulement il en est sorti, mais il a surgi aussi admirable polémiste et philosophe, qu'il était superbe orateur. Et avec cela, fécond. Un article, deux articles par jour. Journaliste incomparable. Nous, blanchis dans le métier, nous en étions ébaubis.

Il avait voulu, et fortement voulu. Que, dans dix ans, il se mette en tête d'être peintre ou musicien, et vous m'en direz des nouvelles.

M. de Freycinet doit compter parmi les plus diserts. Avec sa petite voix, sa petite tête, ses petits cheveux blancs, il n'avait l'air de rien du tout, et il développait finement des arguments plus fins que sa personne. On le devinait plus qu'on ne l'enten-

dait. La langue était correcte, l'expression élégante.
Il méritait d'être de l'Académie. Il en fut.

Le vieux père Madier de Montjau tonitruait encore
de temps en temps. Je ne pouvais entendre ce
farouche Montagnard d'antan, très tonifié par l'opportunisme régnant, sans songer à Beauvallet, l'ac-
teur du Théâtre-Français. Lui d'ailleurs ne s'entendait pas ; car il était sourd comme une chaufferette.

Il y a des sourds qui parlent tout bas. Madier de
Montjau était de ces sourds qui parlent très haut.
Un jour, comme un nouveau venu montait à la tribune, et qu'il se faisait un grand silence, Madier,
convaincu qu'il me glissait cela dans le tuyau de
l'oreille, rugit, de façon à ébranler les banquettes :

« Qu'est-ce que c'est que cet homme-là ? »

Vous voyez le rire universel.

D'ordinaire, Madier se tenait debout dans l'hémicycle, au pied de la tribune, sa main lui servant de
cornet. Ce qui ne l'empêchait pas de saisir très mal.

J'avais été son chéri ; mais il me battait froid,
depuis sa conversion à l'opportunisme gambettiste.
Ceux qui se sentent dans leur tort sont toujours les
plus grincheux.

Sous Louis-Philippe, un livre parut, qui s'appe-
lait le *Dictionnaire des girouettes*. C'était, par lettre
alphabétique, la biographie satirique des parlementaires qui avaient changé d'opinion. Si quelqu'un
s'avisait aujourd'hui de refaire un pareil livre, il
faudrait un in-folio. Tout le monde y passerait, ou
peu s'en faut.

****

Jaurès tout le premier, mais en sens opposé. Car
Jaurès débuta dans le parti le plus modéré, et ne
se révéla grand orateur que lorsqu'il eût passé avec
armes et bagages dans le camp socialiste.

La fondation du groupe dit socialiste est relativement récente. Autrefois, le groupe le plus avancé, c'était nous, c'était l'extrême-gauche. Un beau jour, l'extrême-gauche se divisa en trois tronçons, tout comme l'Allemagne de M. Rouher. Il y eut le groupe dit radical, le groupe dit radical-socialiste, et le groupe socialiste tout court.

D'ailleurs, même programme. Ces trois groupes n'ont jamais cessé, en tant que groupes, de voter de la même façon.

La différence consiste en ceci, que le groupe radical se compose de gens qui, désirant devenir ministres, veulent se donner la physionomie d'un certain modérantisme, comme qui dirait un brevet de sagesse. « Je suis un radical modéré », disait Arthur Picard à ses électeurs. Ceux-ci aussi sont des radicaux modérés, autrement dit des chauve-souris, politiques. Je suis oiseau, voyez mes votes. Je suis souris, vivent les bureaux !

De là vient que, lorsque le parti radical est au pouvoir, il y fait exactement ce qu'y faisait avant lui le parti modéré (1).

Pour les socialistes, c'est autre chose. Les socialistes sont des collectivistes, ou croient l'être ; car aujourd'hui il n'y a plus de socialisme libéral. Aimer la liberté, c'est faire preuve de bourgeoisie. La plupart de ces collectivistes sont donc parfaitement décidés à supprimer la propriété par la force à la première occasion. Seulement, comme cette occasion ne se présente point, ils se contentent de copier le programme radical, tout en criant qu'il n'y a plus de radicaux, et comme s'ils l'avaient inventé.

Ils font exactement ce que nous faisions, quand

____

(1) Il a fallu qu'un modéré, Waldeck-Rousseau, prît le pouvoir, pour que la politique radicale commençât à être appliquée.

ils étaient avec nous ; seulement, ils prennent un air plus farouche. Simple pose devant les prolétaires.

Ils font d'ailleurs de grands progrès ; leur nombre augmente, plus jeunes, plus hardis, plus actifs, ils sont arrivés à éteindre leurs aînés, dont l'initiative a complètement disparu.

Cette situation a sa racine dans un passé, qu'il convient de rappeler, pour l'édification des générations nouvelles.

En 1885, lors des élections au scrutin de liste, le radicalisme était le grand parti populaire. Il tenait Paris.

« A nous deux, me disait un jour Clémenceau, nous ferons les élections. »

Et c'était vrai.

Ou plutôt cela eût été vrai sans la grosse faute qu'il commit alors, faute que je ne me suis jamais expliquée, que je ne m'explique pas encore.

Les élections précédentes s'étant faites au scrutin d'arrondissement, tous les comités radicaux de tous les arrondissements de Paris s'étaient fédérés, et avaient formé un grand comité, dit comité central, chargé de dresser la liste des candidats.

L'opération était simple et logique. Elle s'exécutait en outre de la façon la plus régulière, c'est-à-dire par un premier vote. Les délégués de chaque arrondissement votant au scrutin secret, envoyaient les noms qui avaient leurs préférences, et l'on formait une liste unique de ceux qui avaient obtenu le plus de suffrages.

Je ne suis pas fâché de noter en passant un petit incident, qui, si mince qu'il soit, permettra de juger l'ensemble de la politique par la faiblesse des détails, le peu de valeur des mobiles, et le manque absolu de direction.

J'étais arrivé le premier sur cette liste ; autrement dit, j'avais obtenu le plus de suffrages dans tous les comité radicaux de tous les arrondissements de Paris. Il vous semblera dès lors que le journal, dont j'étais le rédacteur en chef, eût dû être très fier et très enchanté, que la pensée de me voir le premier élu de Paris eût dû le combler de joie, et qu'il fût de son intérêt bien entendu de publier immédiatement cette liste.

Or vous pouvez vous reporter aux collections. Vous y verrez que tous les journaux radicaux, le *Rappel* en tête, publièrent la liste, sauf le *Radical*, et bien entendu la *Justice*, journal de Clémenceau.

Comment ai-je souffert une pareille attitude de mon propre journal ? C'est ce que j'expliquerai dans les souvenirs personnels du troisième volume de cet ouvrage. Peu importe pour le moment.

Clémenceau, voulant rompre avec le Comité central, grâce à sa méthode pernicieuse et irréfléchie de désagrégation, lui avait opposé je ne sais quel comité départemental, qui ne signifiait rien, qui sortait on ne sait d'où, bon à rien, si ce n'est à diviser.

En même temps, ce qui était plus naturel et plus indiqué, les journaux s'étaient réunis et avaient formé un comité de la presse. Ce Comité se concentra au Grand Orient, rue Cadet, tandis que le Comité central tenn   réunions dans une salle proche du Château d'Eau.

Grâce aux efforts de quelques-uns d'entre nous, une entente parut sur le point de s'établir. Le Comité de la presse résolut de se joindre aux deux autres Comités, afin de décider une liste définitive et commune. J'ai gardé le souvenir des acclamations qui nous accueillirent, lorsqu'Ernest Lefèvre et moi, délégués de.la presse, nous vînmes apporter la bonne nouvelle à l'assemblée du Comité central. On se serrait les mains ; on se félicitait, tout le monde était joyeux.

Courte illusion. Lorsque, tous ensemble, dans la salle de la rue Cadet, nous procédâmes aux votes, les choses allèrent bien pendant un certain temps ; puis tout se brouilla à propos d'un candidat, Geles, je crois, dont Clémenceau ne voulait à aucun prix. Tous pourparlers furent soudain rompus. Il était clair d'ailleurs que cette rupture avait été de longue main préparée, et n'attendait qu'un prétexte pour se manifester. Les journaux se sentirent les plus forts, et abusèrent de leur force ; malgré toutes les concessions que consentait le Comité central, on se sépara. Ces choses-là se payent.

Les élections furent telles que les avait voulues la presse, et les candidats du Comité central furent battus à plate couture. On triompha. Triomphe trompeur, qui devait coûter cher dans la suite. Les membres du Comité central se disséminèrent dans tout Paris, où ils semèrent ces germes de rancune et de haine, qui donnèrent plus tard naissance au boulangisme.

Diviser pour régner est une maxime trop vantée. Son application a perdu plus d'une politique. La série des événements qui se sont succédé depuis cette époque découle toute de cette faute initiale. A partir de ce moment, il n'y eut plus de cohésion dans le parti radical. Les luttes de personnes l'emportèrent sur les luttes d'idées. L'armée se débanda.

La politique, qui avait trompé tout le monde, fut abandonnée par tout le monde. Les plus enragés se jetèrent dans le collectivisme, d'autres acclamèrent un aventurier, qui pour eux symbolisait la revanche. Après quelques années, la confusion fut dans tous les esprits ; tout le terrain conquis était perdu.

Les nouveaux-venus du socialisme en gagnèrent une partie, et bientôt la bataille ne fut plus entre réformateurs et conservateurs, mais entre révolutionnaires et militaristes-cléricaux. Entre ces extrêmes, la vérité, la raison s'effondrèrent et disparurent.

Le dernier coup fut porté par le rétablissement du scrutin d'arrondissement. Le scrutin de liste eût encore permis un vaste groupement de l'opinion ; car, si Paris était entamé, la France restait. Lorsqu'il n'y avait plus une faute à commettre, Floquet commit encore celle-ci. Alors il n'y eut plus rien. Chaque circonscription électorale fut laissée à elle-même ; elle vota sans direction, au petit bonheur, au hasard des individus et des intérêts ; la consultation nationale devint ce qu'elle est encore, une loterie.

Cette situation devait avoir sa répercussion dans la reconstitution des groupes, qui, après avoir disparu, se reformèrent sous d'autres noms, mais sans conviction et sans enthousiasme. Alors naquit le groupe socialiste qui, tout d'abord sans importance, ne tarda pas à grandir en nombre et en influence. Jaurès, semblable à un pigeon-voyageur, s'orienta, vit le Nord, et se jeta à ailes perdues dans la direction qui devait le conduire à la gloire.

Jaurès, comme Démosthène, est un de ces orateurs, qui physiquement n'ont rien pour eux. Ni geste, ni ampleur, ni physionomie, ni attitude. La voix n'est pas agréable ; la diction est loin d'être sans défaut. Un clignotement perpétuel des yeux des plus désagréables, surtout pour lui. Mais une éloquence si élevée, que tout lui était pardonné. Impossible de présenter les choses avec plus de chaleur, plus de véhémence concentrée. Rien de l'avocat phraseur. La phrase souvent poétique, toujours pittoresque. Avec cela ce que j'appellerai les trouvailles, ce qu'avait Gambetta, et ce qui vaut mieux que tout. Gambetta eut son *haillon de guerre civile*, que ce pauvre Floquet crut égaler avec son tantinet ridicule *manteau troué de la dictature* ; car, lorsqu'on trouve à faux, mieux vaut ne rien trouver du tout, ainsi qu'il lui advint, lorsqu'alors ridicule tout à fait, il s'écria en s'adressant à Boulanger : « *A votre âge, Napoléon était mort !* » Il l'était même à un âge plus avancé.

Jaurès a eu *la vieille chanson berçant la misère humaine*, et d'autres semblables. Jamais, avec le scrutin de liste, et la possibilité des candidatures multiples, des hommes comme Clémenceau et lui n'auraient disparu de la Chambre.

N'y eut-il que cet argument contre le mode de suffrage actuel (et il y en a d'autres meilleurs), à mon avis il suffirait. Car un procédé est jugé, quand son principal résultat est de remplacer des hommes supérieurs par des médiocrités.

M. de Mun est l'orateur de droite. Bien campé, ayant gardé l'allure de l'officier de cavalerie, il est plutôt froid. Il s'anime peu, et, quand il s'anime, cette animation paraît factice. Il a moins l'air d'improviser que de réciter, mais il récite admirablement.

M. Waldeck-Rousseau avait du trait. Ce trait, il le laissait tomber plutôt qu'il ne le décochait, non sans dédain, avec un grand air d'indifférence qui lui seyait. C'était un pince-sans-rire, mais, s'il ne riait pas, ceux qu'il pinçait n'avaient pas non plus envie de rire. En une phrase courte, correcte, littéraire, il vous démolissait un homme et un parti, de façon à ce qu'on n'en aperçût plus les morceaux ; et c'était un vrai plaisir de savourer cette prose spirituelle en un temps où l'on a peine à retrouver la langue française sous le galimatias courant.

Waldeck, c'était le flegme anglais. Un flegme prodigieux. Jamais il ne sourcillait ; jamais un muscle de son visage ne tressaillait. Qu'on l'applaudît ou qu'on le huât, il n'en avait cure ; il n'avait pas l'air plus satisfait d'un brave, que mécontent d'une insulte. Quand il était assis à son banc ministériel, éloges ou critiques, tombant de la tribune, le laissaient également froid. C'était un sphinx. Force immense.

*
* *

Beaucoup d'autres parlent bien : Ribot très long de taille, ayant toujours l'air indigné ; Jules Roche, étonnant pour dépouiller un sujet, et lui faire rendre tout ce qu'il a dans le ventre ; Rouvier, homme d'affaires merveilleux ; Camille Pelletan, broussailleux, marchant sur la tête, homme d'esprit fourvoyé dans la politique, chercheur, fureteur, ayant une grosse puissance de travail, embrouillant ses études comme sa barbe ; Millerand, Viviani, Piou ; je cite les plus saillants d'aujourd'hui. Il y en avait d'autres hier ; il y en aura d'autres demain. Toujours il y en a eu ; il y en aura toujours.

Et le flot de paroles perpétuellement s'écoule, comme de la roche une source inépuisable, et tout cela roule, et tout cela passe, sans faire germer un grain de blé sur la terre aride, sans féconder un esprit, sans produire un résultat, sans transformer une âme.

Puis tout cela va s'entasser dans de gros livres bleus, que personne n'ouvrira jamais, et qui, de bouquinistes en bouquinistes, finiront par être vendus au poids, pour servir à envelopper aux halles les poissons et les choux-fleurs.

Tant il est vrai que ce qui semble le plus inutile finit tout de même par servir à quelque chose !

XVII

JE reviens aux impossibilités signalées au chapitre X.
L'originalité de notre époque git en effet en ceci,
que rien n'y apparaît plus comme possible. Les
complications du progrès nous ont amenés là.

Voulez-vous que nous examinions ensemble les
plus flagrantes et les plus incontestables de ces
impossibilités ?

Il est impossible de faire la guerre, et il est impossible de ne pas la faire.

Il est impossible de faire la guerre, parce que,
grâce au perfectionnement de l'armement (on
appelle cela un perfectionnement), au service obligatoire universel, aux engins terribles employés, à
la nécessité d'organiser et de ravitailler les multitudes, la guerre serait un massacre tellement
énorme, et une ruine tellement générale, que nul
gouvernement ne prendra sur lui de la déclarer.

Et pourtant il est impossible de ne pas faire la
guerre, puisque tous les peuples la préparent au
prix des plus grands sacrifices, et se saignent à
blanc, et se réduisent à la misère, dans l'unique but
de se battre, but dont ils ne veulent d'ailleurs jamais
entendre parler.

Il est impossible de reviser notre constitution, et
il est impossible de ne pas la reviser.

Il est impossible de reviser la constitution, puisque

ce sont ceux-là même qui ont intérêt à ne pas la reviser, qui ont seuls le droit de le faire.

Et pourtant il est impossible de ne pas la reviser, puisque c'est le seul moyen d'organiser la république.

Il est impossible de transformer, ou même d'améliorer la société, d'abord parce que ceux qui sont intéressés à n'y pas toucher sont puissamment armés pour la défendre, et ensuite parce que ceux qui veulent la changer n'ont aucune idée nette, ni de la façon de s'y prendre, ni de ce qu'ils entendent mettre à sa place.

Et pourtant il est impossible, avec les progrès de l'instruction, de conserver un état social abominable, qui révolte les consciences, où les uns ont trop, les autres pas assez, où l'on voit les princes milliardaires faire doter leurs filles par des contribuables miséreux, où, suivant la parole évangélique, il est donné à celui qui a du superflu, et retiré à celui qui manque du nécessaire, et où, tandis que celui-ci regorge jusqu'à l'indigestion, celui-là crève d'inanition au coin d'une borne.

« On n'a jamais qu'une chambre », nous disait le duc d'Aumale, faisant visiter son magnifique château de Chantilly. Cela est vrai ; on n'a jamais qu'une chambre, de même qu'on ne dîne qu'une fois. Pourquoi donc tant de chambres perdues, et tant de nourriture gaspillée, quand il reste tant de gens, qui n'ont ni aliments ni logis ?

Que d'autres impossibilités, qui s'entrechoquent, et nous pressent de toutes parts ! En sorte que le monde peut être comparé à un véhicule, également fixé en avant et en arrière, et, à cause de cela, ne bougeant point. Peut-être un beau jour se rompra-t-il par le milieu. Ceux qui verront cela ne s'embêteront pas.

On a dit depuis longtemps que l'homme était le

jouet des événements ; ce qui ne signifie pas grand'
chose, puisque les événements sont faits par les
hommes. Il est vrai que ce n'est pas bien sûr ; et
je ne serais pas étonné pour ma part que nous fus-
sions tous des Guignols, menés par des fils, que
tient quelqu'un qu'on ne voit pas, pour la plus
grande joie d'un public inconnu. La pièce ne nous
semble sans doute si mauvaise, que parce que,
chargés de l'interpréter, nous sommes incapables de
la comprendre.

Un inspecteur interrogeait une petite fille dans
une école, et lui disait :

« Où en êtes-vous, mon enfant, de votre histoire
de France ? »

— « Monsieur, nous en sommes à « Oui, Madame », répondit Philippe-le-Long. »

Cette réponse a peut-être fait rire l'inspecteur.
Elle m'eut paru, à moi, la plus sérieuse que j'eusse
jamais entendue. Cette jeune fille faisait, sans s'en
douter, toute la philosophie de l'histoire. Quand elle
en sera à « Non, Monsieur », répondit Napoléon,
elle n'en saura ni plus ni moins.

Je veux bien que le diable m'emporte, si dans ma
vie j'ai jamais trouvé l'apparence d'une logique
quelconque. Chacun peut faire la même réflexion,
et s'apercevoir qu'ainsi qu'au jeu les meilleures combinaisons échouent, tandis qu'une carte envoyée par
le hasard fait gagner la partie. Pourquoi en serait-il
autrement du genre humain que des individus qui
le composent ? Les choses sont parce qu'elles sont,
et les anciens n'avaient pas tort, qui avaient fait du
destin le maître de la terre et des cieux.

*
* *

Si l'on veut se rendre compte de l'inanité des pré-
dictions, il suffit de s'imaginer ce qu'aurait répondu
l'homme le plus intelligent, il y a cent ans, en 1801,
à qui lui aurait demandé ce qui allait se passer dans
le courant du siècle naissant.

« Il y a gros à parier », aurait-il dit, « que la
France jouira en Europe d'une situation prépondé-
rante, et que l'esprit nouveau, répandu par la Révolution, aura ébranlé tous les trônes. Il est probable
que le nouveau siècle ne s'achèvera pas sans avoir
mis fin à toutes les superstitutions. Le règne de la
philosophie brillera d'un vif éclat. Une paix universelle fécondera la terre. Le monde sera devenu
plus sage et plus libre. »

Qu'il se réveille, le nouvel Epiménide, et voici
ce qu'il verra :

Des armées plus nombreuses que les vieilles hordes
tartares ; l'Europe entière en armes ; partout le droit
du plus fort proclamé, accepté, subi ; les peuples
plus exploités ; des propriétés excessives correspondant à une plus affreuse misère ; la justice illusoire ;
le droit banni ; le travail forcené arrivant moins
que jamais à satisfaire la rapacité du fisc ; le préjugé plus puissant ; l'entrechoquement de fana-
tismes contraires ; les grands principes foulés aux
pieds par les grandes fortunes ; la Révolution n'ayant
pas fait un pas. Si : en arrière.

L'histoire n'offre pas d'exemple d'une aussi immense duperie. Les grands mouvements, qu'on
prend pour des progrès, ressemblent à ces fleuves,
qui traversent les eaux stagnantes sans s'y mêler.
Ils passent ; et l'eau qui baigne la rive reste croupie.

Ne serait-ce pas que l'homme est de sa nature
bête, et que bête il restera ? La brebis est faite pour
bêler ; le lion pour rugir, l'âne pour braire, l'oi-

seau pour voler ; l'homme et le serpent pour ramper. La légende du paradis terrestre doit être changée ; je pense que, le serpent ayant fait Adam cocu, nous ne sommes pas les fils d'Adam, mais les fils du serpent ; et nous avons hérité de notre ancêtre la bassesse, la férocité et la lâcheté.

Le genre humain sera jusqu'à la fin ce qu'il a toujours été : un ramassis de bêtes de proie, tellement méchantes et tellement stupides, qu'elles s'entretuent pour posséder ce qu'elles pourraient partager en paix, et qu'elles détruisent pendant le combat.

« L'ami du genre humain n'est point du tout mon fait », disait Alceste. Que dirait il aujourd'hui, où l'homme, s'étant amusé à détruire les Dieux qu'il avait faits, et ne pouvant se passer d'adoration, en est arrivé à s'adorer lui-même ? Pas un livre qui ne glorifie notre espèce ; pas un qui ne nous parle de notre grandeur. On fait mieux ; on nous donne, à la place des récompenses célestes, l'espoir magnifique de préparer pour l'avenir, c'est-à dire quand nous n'y serons plus, une humanité radieuse. Nous sommes à la fois tout le moyen et tout le but.

Qui sait ? Il y a peut-être dans le peuple des fourmis des esprits qui leur en content autant. Cependant je ne crois pas : les fourmis me font l'effet d'être plus intelligentes.

XVIII

VOICI, je crois, philosopher pour plus de cinq sous ;
et nous voilà bien loin de ce Parlement, qui
paraît être l'unique objet de cett frivole étude.
Mais quoi ? je suis de ceux qui laissent courir leur
plume sans préparation, et qu'elle conduit où elle
vent, sans que l'idée me vienne de l'arrêter en sa fan-
taisie, ce que ne manquerait pas de faire un de ces
messieurs sérieux, que la rectitude de leur faux-col
et le vide solennel de leur cerveau mènent tout droit
à l'Académie française. Je ne remarque point que
leurs volumes aient plus d'efficacité que les miens ;
et la poussière que feront leur corps n'en tiendra
pas plus de place dans la fosse.

C'est grâce à cette infirmité, qui me fait si aisément passer d'un sujet à un autre, qu'on dirait un
moineau sautant de branche en branche, que je
prends si maladroitement la parole dans les assemblées. Je trouve ce que je vais dire si inutile, que
j'ai toujours envie de m'interrompre, et de demander s'il ne serait pas plus avantageux de faire un
bézigue.

La peur d'exciter les huées sauvages des parlementaires affolés m'a souvent interdit l'accès de la
tribune.

La pensée qui m'est toujours venue dans l'enceinte d'un tribunal, même et surtout lorsque

j'étais l'accusé, a toujours été l'envie de crier à la chienlit, et de dire à ces singes en robe noire ou rouge : « Voyons, mes amis, est-ce que vous croyez sérieusement que, si nous allions simplement prendre un bock tous ensemble, la terre ne continuerait pas de tourner comme devant ? »

C'est à peu près tout le prestige qu'exerce sur moi la majesté de la magistrature. Et je crois qu'au fond beaucoup de juges, ceux qui sont sensés, pensent comme moi. Seulement, s'ils pouvaient dire la vérité, ils me répondraient :

« Nous sommes de sinistres comédiens, c'est entendu. Mais nous sommes payés pour faire le mal, en le faisant passer pour le bien. Si nous allions prendre un bock, cela perdrait le métier. »

Dans un parlement, c'est autre chose. Ce que j'ai envie de dire est ceci :

« Mes bons amis, croyez-vous bonnement que le fait de s'asseoir en rond autour d'un monsieur, qui enfile des mots les uns avec les autres, ait une importance considérable ? Piron disait de l'Académie Française, l'institution la plus ridicule qu'il ait été donné à un gouvernement d'inventer, qu'ils étaient là-dedans quarante ayant de l'esprit comme quatre ; nous autres, nous sommes cinq cents, qui avons juste l'influence de cinq cents zéros devant un chiffre inconnu. Vous en mettriez cinq mille, que ce serait exactement la même chose. Je suppose que si nous allions tous nous coucher, il n'en serait ni pis ni mieux. »

Ce qui ne se fait pas le lendemain d'une révolution ne se fait plus jamais. Or, comme après le quatre septembre, nous n'avons rien osé, nous en sommes aujourd'hui exactement au même point où nous en étions il y a trente ans. Nous avons beaucoup dansé ; mais nous voilà, néanmoins, à la même place.

Je vois bien une augmentation d'impôts et, si c'est là ce qui fait le bonheur, nous devons nous regarder comme suffisamment heureux. En dehors de cette œuvre, dont la réalité frappe tous les yeux, nous devons mettre à l'actif du régime parlementaire les quelques améliorations suivantes :

1° L'instruction répandue à flots. Ce qui signifie la construction d'un nombre extraordinaire de bâtiments très chers et très laids. Car, ce qu'il y a de curieux, c'est que les réformes ne profitent jamais qu'aux architectes. Dans tous ces bâtiments, on a logé des instituteurs, chargés d'apprendre à lire aux gamins, qui profitent de cette connaissance pour s'abrutir avec le *Petit Journal*, et se corrompre avec les journaux à images. En sorte qu'ils sont deux fois plus bêtes et plus gredins qu'auparavant.

2° Le service militaire universel, grâce auquel la race des hommes indépendants a complètement disparu, et il ne reste plus que des valets, dressés à l'obéissance passive, prêts à toute servitude ;

3° La liberté illimitée de la presse, qui permet à tous les coquins de déshonorer impunément tous les honnêtes gens. Il fallait bien des lectures pour ceux à qui on a appris à lire. On leur a donné ça.

Tels sont les progrès réalisés. Ils sont incontestables. Pour le reste, c'est exactement la même chose. La République est la veuve inconsolable de l'Empire, laquelle continue son commerce. Les mêmes magistrats pourris persistent, dans le même costume grotesque, à appliquer ou à ne pas appliquer les articles d'un code, destiné à régulariser l'exploitation du faible par le fort. La même administration paperassière et tracassière entrave tous les pas que nous faisons dans la vie. La même police nous roue des mêmes coups. Le même clergé chante les mêmes *Te Deum*. La propriété jouit toujours de ses privi-

lèges, et les uns se serrent le ventre, tandis que les
autres regorgent de tout.

Ne dites par pour cela : « Ce n'était pas la peine
de changer de gouvernement. » Car tout le mal vient
de ce que vous n'en avez pas changé. La mauvaise
foi de ceux qui veulent revenir au régime passé est
exorbitante. Mais ce régime, vous l'avez ! Que vous
faut-il de plus ?

J'entends. Vous aimeriez mieux l'appliquer vous-
mêmes : c'est là où le bât vous blesse. Et, ici, nous
mettons le doigt sur la plaie. La vérité est que dans
ce pays il n'y a plus de partis politiques ; il n'y a
plus que des intérêts et des ambitions.

Ah ! Le dix-neuvième siècle eut des heures bril-
lantes. Il faut en convenir. Il y eut des moments où
je ne sais quel souffle élevait les âmes ; où les cœurs
battirent assoiffés d'idéal ; où l'on put voir des hommes pour de vrai, des hommes en chair et en os,
s'élancer en chantant dans la carrière, sans songer
un instant à leurs satisfactions personnelles.

Je ne parle pas seulement des ouvriers, des jeunes gens qui, en 1830, qui, en 1848, se firent tuer
gaiement, les uns pour sauvegarder la liberté de la
pensée, les autres comme dans un rêve romantique,
épris de grandes images, apôtres d'une nouvelle
Foi.

J'étais tout petit, tout petit ; et pourtant, quand
je ferme les yeux, il me semble me revoir encore
sur cette place de la petite ville, où, devant la vieille
halle, la foule accourue chantait la *Marseillaise*
autour du nouvel arbre de la Liberté. Pauvres arbres
de la Liberté, tous sont morts ; et il n'est pas venu
à l'idée de la Troisième République de les remplacer.
Il semble qu'elle ait compris que cette poésie de la

Révolution, qui s'épanouissait dans cette forêt d'espérance, n'avait plus rien de commun avec le terre à terre d'un régime de résignation, n'ayant plus d'autre souci que de reposer sur des intérêts matériels. A notre génération abâtardie les couronnes de chêne ne conviennent pas plus que les couronnes de laurier.

On trouve encore sur nos places des ormes de Sully ; mais on y chercherait vainement un seul arbre de la liberté.

A cette époque (je parle de 1848), un grand souffle d'espoir et de rénovation traversa la France. Ce fut le dernier. Tout le monde s'y mettait ; ce fut un. entraînement, un enthousiasme véritablement universels. Deux moments de ma vie me firent revivre les deux grandes années de la Révolution : 1848, qui renouvela les Fêtes de la Fraternité ; les Serments du Jeu de Paume et de la Fédération ; 1871, qui fit comprendre la Terreur.

Après février, tous les Français se découvrirent républicains. Les marquis se promenaient en blouse, et se faisaient appeler citoyens. On voyait se dérouler dans les campagnes, sur les routes blanches, des files de gardes nationaux, convaincus qu'ils allaient conquérir le monde qui, il est vrai, s'agitait convulsivement. Partout des soulèvements ; si la France eût fait un signe, peut-être était-ce partout l'émancipation. L'histoire était changée. Le gouvernement eut peur ; il hésita à tourner la page ; le livre se referma pour jamais.

Nous autres, gamins, nous étions ivres de joie ; nous promenions fièrement nos tuniques et nos képis, racontant qu'un de ces jours, on nous donnerait des épaulettes ; et l'on m'eut fouetté jusqu'au sang que j'eusse, au sein des tortures, professé mon admiration pour Ledru-Rollin, et crié : Vive la République !

Ce fut court. Soudain, un trou noir s'ouvrit. La France tomba dans l'Empire. Et les vieux moururent ; et il ne fut plus question que de bien-être, d'économie politique, et de besoins matériels à satisfaire. L'Empire n'a pas seulement perdu la France comme puissance en Europe ; il n'a pas seulement, renonçant aux plans de Richelieu, détruit en dix-huit ans l'équilibre si péniblement bâti par nos hommes d'Etat depuis trois siècles ; il a, en outre, énervé, amolli, châtré les générations. Ceux qui écriront l'histoire de nótre décadence la commenceront là.

Tandis que la bourgeoisie perdait successivement ses hommes d'élite, ses penseurs, et s'étalait dans une médiocrité bouffie, le peuple s'assagissait. Les belles illusions des socialistes français, Fouriéristes, Saint-Simoniens, phalanstériens, Cabétistes, Proudhoniens, les cercles amoureux de Pierre Leroux, les rêveries de Considérant, s'évanouissaient comme fumée. On remarquait volontiers que bon nombre des agents les plus malins de ces doctrines éblouissantes s'étaient ralliés au nouveau régime, et avaient réalisé dans la finance des fortunes considérables. On s'en montrait plus d'un qui, gros banquier aujourd'hui, avait, jadis tenu le balai sous la direction du père Enfantin. Cela ne laissait pas que de jeter un froid, comme disait Giboyer. Seul, le vieux Considérant, vestige d'un passé disparu, curiosité d'un musée d'antiques, s'asseyait chaque soir à la même table du café de la Rotonde, dont il fut, je crois, le dernier client.

Alors commença à se développer, en Allemagne, le socialisme dit scientifique. Ce qu'on appelle scientifique aujourd'hui, c'est ce qui ne tient compte ni du cœur, ni des sentiments, ni de l'âme, ni des aspirations purement idéales et intellectuelles, ni de l'art, ni, en un mot, de ce je ne sais quoi, qui semble en dehors de la matière, en dehors de la vie et qui, pourtant, seul vaut la peine de vivre. Le socialisme. scientifique suppprime cette part de l'homme, veut la vie pour la vie ; comme l'économie politique, dont il procède, bien qu'il le nie, il est chiffon, et n'est que chiffon, statistique et rien que statistique. Il agit sur l'humanité, comme si l'humanité était composée de colis à placer d'une certaine façon. Lui aussi a ses rêveries, mais ce sont des rêveries mathématiques, les plus folles, parce qu'on les croit applicables, et qu'elles seraient logiques, si elles pouvaient être. Elles ont l'absolu arithmétique, qui est l'absolu de la chimère et de l'impossible. Elles établissent une société selon la formule, comme si jamais des formules avaient fait une société, et comme si on pouvait éliminer toutes variétés, sans tomber dans cet immense convenu, qui n'est que la préface de la mort. Ce socialisme a banni toutes autres préoccupations que celles qui ont trait aux rapports du capital et du travail, à la formation et à la répartition de la richesse.

Et voilà. L'homme naît, mange, boit, se reproduit, et meurt. La limace aussi. Seulement la limace a sur l'homme cette supériorité, qu'elle est moins bête, moins méchante, et qu'elle n'a pas de théoriciens, qui lui font une affaire d'Etat de son manger, de sa boisson, et du reste, en lui apprenant comment il faut s'y prendre, jusqu'au jour où la rupture du moindre petit vaisseau, le couchant dans la tombe, le renseignera sur la vanité de ses combinaisons.

La révolution du quatre septembre ne mérite pas le nom de Révolution. En réalité, l'Empire s'effondra. Déjà il était clair que nul n'eût eu assez de force pour le renverser. La folie communaliste fut l'ultime explosion ; tout ce qui subsistait de patriotisme et d'idées désintéressées se perdit là, comme le dernier bouquet du feu d'artifice, qui avait duré près d'un siècle. Puis la nuit s'étendit sur un terrain de sang et de boue.

Il n'y a plus aujourd'hui que deux partis en France, celui des gens qui possèdent, et qui veulent garder ; celui des gens qui ne possèdent pas, et qui veulent avoir. Les premiers disent volontiers aux seconds : « Si vous aviez quelque chose, vous trouveriez que tout va bien. » Et les seconds leur répondent victorieusement : « Si vous n'aviez rien, vous seriez avec nous, et trouveriez que tout va mal. » Les premiers, pour voiler leur égoïsme, parlent d'ordre public, de morale, de grands intérêts à sauvegarder ; les autres, pour dissimuler leurs appétits, invoquant la justice ; ; et cachant leur désir de posséder, imaginent une Salente, où personne ne possédera plus rien. Au fond, une seule préoccupation : le bien-être. Les uns l'ont, les autres veulent l'avoir. C'est toute la conservation, c'est toute la révolution.

On comprend bien que, dans de telles conditions, il ne peut plus y avoir chez personne d'esprit de sacrifice. Ledru-Rollin a dit là-dessus des choses fort justes. On ne se fait pas tuer, quand on ne songe qu'aux satisfactions de sa vie. Ce serait trop bête d'y renoncer pour les avoir. Le but poursuivi étant adhérent à l'existence, on ne saurait lui immoler cette même existence. C'est pourquoi il n'y aura plus de martyrs, et nous ne verrons plus de si tôt frissonner les vieux chênes.

Tout s'est amaigri, tout s'est rétréci, sauf pourtant la panse humaine, qui de jour en jour grossit. Arrivé au retour d'âge, l'homme prend du ventre :

c'est la préface de la décrépitude. Dans l'humanité, le ventre à présent domine. Est-ce le commencement de la fin ?

Cette situation, je la constate sans la blâmer, et sans prétendre encore moins y porter remède. Il faut être de son âge ; et je conviens qu'au demeurant, puisqu'on n'a que sa vie, il est raisonnable de la vivre. Je remarque seulement qu'on y trouve trop de prix, et qu'à force de l'arranger, on finit par la gâter. Où il y a de l'hygiène, il n'y a pas de plaisir, chantait Milly-Meyer. A force de nous occuper de nous, nous arriverons à ne plus pouvoir nous supporter.

Voilà pour les intérêts. Les intérêts, c'est tout le monde. Il y a deux masses : la masse de ceux qui jouissent a une opinion : c'est de continuer à jouir, et d'augmenter ses jouissances ; la masse de ceux qui peinent a une opinion contraire, ou pareille, comme on voudra, c'est de cesser de peiner, et de jouir à son tour. Tout le reste est apparence, ceci seul est réalité.

Restent les ambitions, qui brouillent tout. Ah ! c'est ici surtout qu'il sied d'admirer la bêtise humaine ! Que l'on désire bien dîner, rien de plus compréhensible, rien de plus conforme à la nature. Mais que l'on désire être académicien, décoré, ministre, sous-chef, préfet ou garde-champêtre, c'est ce qui plonge l'esprit du philosophe dans la stupéfaction la plus intense. Il est pourtant hors de doute qu'un nombre considérable de mortels, lesquels pourraient vivre tranquilles, mangeant à leur gré et travaillant à leur guise, se donnent des peines énormes, s'accablent de souffrances et de supplices se font éprouver à eux-mêmes les plus abominables tourments, pour je ne sais quelle chimère de vanité, dont leur vanité même n'est jamais satisfaite. Vanité, chose vaine ; la leçon est dans le mot, mais la leçon est inutile. Et ces gens se croient moins fous que les fous enfermés, qui pourtant, eux aussi, se croient empereurs de la Lune ! Et ces gens raillent les dévots qui se flagellent et se mettent des cilices pour acquérir le royaume des cieux, comme si ce qu'ils cherchent avec tant d'efforts existait davantage !

Combien plus intelligent est le nègre d'Orient, qui, lorsqu'il est repu, s'étend à l'ombre, et regarde la terre tourner ! Combien montre plus de bon sens ce grand peuple chinois, à qui nous nous obstinons à communiquer nos vices et nos sottises !

Un de ces Chinois écrivait, il y a quelques mois :

« Rester dans la situation où vous êtes nés serait pour vous une humiliation. Un homme, pour être un homme, doit lutter et vaincre. L'activité et la réussite sont les deux mots qui peignent le mieux votre société ; mais vous permettrez au Chinois de s'étonner, lorsqu'il constate l'absence dans votre programme de tout but moral.

« C'est là, pour nous autres Orientaux, le signe de la barbarie, et nous n'apprécions pas la civilisation par l'accumulation des richesses, mais par la valeur de la vie vécue. Or, là où nous ne trouvons ni bonté, ni respect de la famille, ni vénération pour le passé, ni même pour le présent, nous considérons qu'il n'y a pas de vraie civilisation, et nous ne voudrions pas, même si cela nous était possible, rivaliser avec vous en richesses, en sciences et en arts, si, pour y arriver, nous devions nous soumettre à vos institutions. »

De toutes les passions qui caractérisent notre espèce, l'ambition est la plus sotte, car elle est la seule qui se nourrisse de néant, S'enivrer, aimer les femmes, le jeu, l'argent, tout cela s'explique, car ce sont des attachements à des réalités ; mais l'ambition n'est qu'une illusion. Ce qu'elle cherche n'est rien, ce qu'elle poursuit n'est rien, ce qu'elle atteint est moins que rien. L'ambition ressemble au pêcheur qui jette sa ligne en un ruisseau, où il n'y a pas de poisson, et qui, espérant une friture, attrape un coup de soleil.

L'ambition, à elle seule, suffirait à justifier la supériorité de la bête sur l'homme.

Malheureusement l'ambition n'est pas seulement stupide ; elle est en outre la calamité, qui, depuis le commencement du monde, a pesé le plus lourdement sur les hommes et a été la cause de presque tous les maux qu'ils ont soufferts. Car l'ambitieux ne nuit pas qu'à lui-même, l'ambitieux sème autour de lui le malheur, la misère et la mort. Les guerres, les désastres, les massacres sont son œuvre ; et jamais rien n'a été dit d'aussi sensé que ce que répondit cet ancien à Pyrrhus, alors que celui-ci lui énumérait ses conquêtes. « Quand nous aurons fini, que ferons-nous ? — Nous nous reposerons. — Que ne commençons-nous par là, et que ne nous reposons-nous tout de suite ! »

Dans les sphères politiques, l'ambitieux gâte tout. Par lui tout est faussé. C'est lui qui se démène, jette la poudre aux yeux, sollicite, envenime ; il envie, déchire, illusionne, fait prendre vessies pour lanternes, corrompt, dévoie, brocante, voit et arrange, ou plutôt dérange toutes choses à l'unique point de vue de la satisfaction de son désir ; il trompe et divise ; et, tandis que, sous une monarchie, il y flatte un homme pour obtenir une distinction, dans une république parlementaire il soumet sa conscience à des électeurs qu'il méprise, en attendant qu'à la Chambre il vote ou repousse des lois, non selon la valeur de ces lois, mais selon les combinaisons ministérielles qui sont en jeu.

Ambitions, intérêts, voilà toute la politique. Et, comme toujours, les augures se regardent sans rire. Ils parlent de vertu, comme s'ils étaient intègres, de bien public comme s'ils y croyaient, de progrès et de réforme, comme s'ils étaient intéressés par d'autres progrès que celui de leur personnalité et de leur situation, par d'autres réformes que celles qui leur faciliteront l'accès vers ce qu'ils convoitent. Et les belles phrases succèdent aux belles phrases ; et, telles que les épitaphes des cimetières, qui découvrent aux vivants tout un monde de morts honnêtes et dévoués, les paroles ailées s'entre-croisent, répercutant à l'envi de si admirables maximes, que, si l'on en croyait seulement la moitié, chacun s'extasierait devant ce paradis terrestre, peuplé d'archanges et de séraphins.

Vous me direz que cela marche tout de même, et que du choc de tous ces égoïsmes combinés, peut jaillir une utilité générale. Je n'en disconviens pas. Je voudrais seulement qu'on s'accoutumât à voir les choses telles qu'elles sont ; et ce qui m'horripile, c'est cette prétention à l'abnégation de gens qui n'auraient qu'une chose à répondre à ceux qui leur reprocheraient de ne penser qu'à eux-mêmes :

« Comme vous autres, Messieurs. »

La vérité est que les parlementaires ne sont ni meilleurs ni plus mauvais que les autres hommes. Ce sont des hommes, et cela suffit.. Certes ils sont ridicules, quand ils se posent en serviteurs, ne cherchant que le bonheur d'autrui. Mais les pamphlétaires méchants, qui les accusent de tous les méfaits, même les plus lâches et les plus bêtes, et qui d'ailleurs ne sont eux-mêmes que les pires fripouilles, les calomnient stupidement. Ils ne croient pas un mot de ce qu'ils disent, puisqu'ils l'inventent. Leurs écrits ne sont que des baves de reptiles.

Le plus grand vice des parlementaires, c'est d'être peureux. Le parlementaire a peur de tout et de tous, de ses électeurs, de ses collègues, d'un bruit qui court, d'un vent qui passe, des journaux, de sa femme, de sa maîtresse et de sa concierge. Son propre est de trembler. Il ressemble au lièvre des bois, dont l'existence n'est qu'un perpétuel effroi.

Les assemblées, d'apparence les plus énergiques, n'ont pas échappé à ce tourment, qui semble être leur caractère et leur essence. La terreur régnait dans la Convention ; et il n'y a eu alors tant de têtes coupées, que par suite de la lâcheté de ses membres. Qu'un drôle se lève, qu'il lance l'accusation la plus grotesque, sa turpitude sera souveraine ; le plus homme de bien sera livré par tous ses collègues, sottement convaincus que s'ils s'inclinent, leur tour ne viendra pas, et qu'ils seront épargnés.

Ce sont des spectacles piteux que donnent, dans certains cas, ces réunions d'hommes, dont chacun, pris isolément, ne serait ailleurs ni moins brave, ni moins bon que n'importe quel autre. J'ai assisté à ces séances lamentables, où pas une voix ne s'élevait pour prendre la défense d'une victime ; et je sens encore autour de moi comme un souvenir effroyable de ce lugubre silence, où s'immobilisait l'épouvante.

C'est à ce manque de courage qu'il faut attribuer les folies commises par les Parlements dans les époques de troubles, et leur impuissance dans la vie ordinaire. Toutes les chambres ont un président effectif, qui trône sur un fauteuil, avec une sonnette à son côté ; toutes ont un président d'honneur, qu'on ne voit pas, qui les dirige, c'est l'Effroi, père de la haine et de la stérilité.

XIX

CETTE nuit, j'ai fait un rêve.

Je me trouvais sur le haut d'une tour élevée, très élevée. De là je contemplais, ainsi qu'une gigantesque fourmilière, l'immense troupeau des hommes, affairés, agités, se mêlant, se bousculant, les uns portant des paquets, les autres les regardant faire, tous s'empressant à dioite, à gauche, sans but apparent, paraissant se remuer pour l'amour même du mouvement. De temps en temps, quelques-uns tombaient, ne se relevaient pas ; la foule semblait ne pas s'en apercevoir, et piétinait dessus.

Soudain, comme j'examinais cette multitude avec pitié, un ricanement se fit entendre, et près de moi se dressa un ange noir, qui me dit :

« Veux-tu que je t'ouvre tous ces cœurs, et que Je te montre ce qu'il y a dedans ? »

Aussitôt il m'emporta dans une salle, où des gens entraient, qui déposaient dans une urne des papiers pliés en quatre. Et je voyais au travers du papier les noms qui étaient écrits.

Aux deux coins de la salle se tenaient deux hommes, qu'à leur mine faussement souriante, je reconnus pour les deux candidats. Et, chaque fois qu'un électeur s'approchait de l'un d'eux pour lui serrer la main, et qu'ensuite il s'acheminait vers le bureau, où était l'urne : « Regarde ! » me disait le diable.. Et je regardais : et sur le bulletin secret je lisais le nom de l'autre.

« Ceci, me dit l'Esprit, te représente la loyauté et la sincérité des suffrages. »

Ensuite je me vis dans une autre salle, où siégeaient en cercle un certain nombre de personnages, gras, maigres, jeunes, âgés, de toutes formes et de toutes dimensions. Je reconnus aussitôt l'endroit où l'on fabrique les lois. Or c'était le moment où les huissiers passaient les urnes. Et, parmi tous ceux qui déposaient des bulletins, j'en voyais un grand nombre qui votait blanc, dont le cœur disait bleu, ou qui votaient bleu, dont le cœur disait blanc.

Mon diable riait. Je compris que ce n'était pas seulement la parole qui avait été donnée à l'homme pour déguiser sa pensée, mais que c'était aussi le bulletin de vote.

*
* *

Bien fin, dit la sagesse des nations, qui peut connaître son père. Plus fin serait encore celui qui pourrait connaître les mobiles secrets de l'électeur et de l'élu.

Tous sont loin d'ailleurs d'être blâmables. Si la haine, la rancune, l'envie jouent parfois leur rôle dans les trahisons, souvent ces trahisons ne sont qu'apparentes. C'est sur les lèvres qu'est le mensonge, non sur le papier. Quant aux parlementaires, ils se trouvent presque toujours, grâce au régime, dans une situation, qui ne leur permet pas de voter comme ils le voudraient.

Voici par exemple un ministère qui pose la question de cabinet à propos d'une loi qui me semble mauvaise. Or je sais que, si ce ministère est renversé, celui qui lui succédera aura une politique désastreuse à mon sens pour mon parti, pour mes convictions, pour le pays.

Me voilà donc obligé de choisir entre ces deux maux : ou approuver ce que je désapprouve, ou risquer de perdre la cause à laquelle je suis attaché.

Evidemment, un député ne devrait jamais se trouver dans cet embarras ; et c'est pourquoi les questions de cabinet ne devraient jamais être posées à propos d'une loi.

Ou, pour mieux dire, et c'est ce que j'ai proposé sans succès, il devrait y avoir deux votes. L'un sur la loi elle-même, l'autre sur la confiance. Je puis en effet avoir confiance dans un gouvernement, sans pour cela approuver tous . ses actes, et considérer comme parfaites toutes ses déterminations. Cela devient de la servilité ; et, dans ce cas, il serait beaucoup plus simple de· supprimer toutes les discussions. Au début d'une législature, le Parlement accepterait un ministère, et puis il irait se promener. Ce serait beaucoup plus commode pour tout le monde.

Lorsque d'ailleurs on a une certaine expérience de la législation, on ne tarde pas à s'apercevoir que c'est là un travail de Pénélope, qui ne signifie rien du tout, et qui ne sert à rien du tout.

De même qu'il n'y a pas de maladies, mais qu'il n'y a que des malades, de même il n'y a pas de lois, il n'y a que des gouvernements. La fameuse séparation des pouvoirs est une des joyeuses plaisanteries qui servent à mener les nations abusées. Depuis le commencement du monde, il n'y a jamais eu qu'un pouvoir, celui qui peut. Les pouvoirs qui ne peuvent pas ne sont pas des pouvoirs.

Dans les conseils de guerre, on a admis cette bonne farce de recueillir les opinions des juges, en commençant par les moins gradés. « C'est », croient les imbéciles, « pour que les inférieurs gardent leur indépendance, et ne soient pas influencés par les avis de leurs supérieurs ». Comme si un seul d'entre eux était assez naïf pour ignorer ce qu'on veut de lui !

Un gouvernement énergique fait faire les lois qu'il veut ; il applique ou n'applique pas celles qui existent, selon sa volonté ou son intérêt ; et ses lois sont interprétées comme il lui sied par des juges à sa convenance.

Si le gouvernement n'est pas énergique, autrement dit ne gouverne pas, c'est autre chose. C'est la débandade, le hasard, qui mènent tout ; mais ce ne sont toujours pas les lois.

Le culte de la Loi est de bel aspect dans le temple démocratique. Malheureusement, ou heureusement, cette divinité est aussi chimérique que toutes les autres.

Entre le droit et le fait, la différence est facile à saisir. Le droit n'est qu'un fantôme ; le fait seul est réel.

Si Bismarck avait vraiment dit : La force prime le droit, il aurait dit une sottise. C'est comme s'il avait dit que la vie prime le néant. Cette maxime appartient sans conteste à M. de La Palice.

J'ai pour la Loi aussi peu de respect qu'il est possible. La cuisine où se fabrique ce plat de résistance n'a rien d'imposant. De deux choses l'une, ou la loi est faite par un homme tout seul, et je ne vois pas ce que peut avoir de majestueux le produit d'un individu, qui peut être un imbécile ou un gredin, et qui l'est généralement ; ou la loi sort d'une réunion d'hommes, dont un grand nombre n'en a pas voulu, et dont la moitié plus un l'a adoptée. Cette loi est dans ce cas le résultat du hasard, d'une absence, d'une maladie, d'une façon d'envisager les choses. Cela se met dans un gros livre bleu ; mais on a bien raison de s'asseoir dessus.

« Malheureux ! », s'écrie-t-on, « la Liberté consiste à obéir à la Loi, non aux hommes ».

— « Pardon ; la Liberté consiste à n'obéir à rien du tout. »

Au reste, il y a toujours un homme derrière la Loi, et l'on n'obéit pas à la Loi, mais à l'homme qui est derrière. La Loi est le masque de l'arbitraire, comme le droit est le masque de la force. En réalité, c'est toujours l'homme qui est le maître de l'homme.

Je rappelai plus haut le mot du duc d'Aumale : « On n'a jamais qu'une chambre. » Les codes humains sont pareils à ces palais, où l'on trouve une infinité de pièces spacieuses, meublées pour tous les goûts, et vides d'habitants. Une seule compte, celle où est la Volonté, la Force.

Au reste

La marche vers l'anarchie, c'est-à-dire vers la suppression progressive des gouvernements et des lois, serait la marche logique d'une humanité en progrès. C'est une route absolument contraire que nous suivons, route qui nous mène de plus en plus à une centralisation excessive, et aboutissant fatalement par l'amoncellement des lois et des impôts au régime collectiviste, qui semble être la souveraineté de la collectivité, et qui en réalité sera son esclavage. Car là où il y a souveraineté, il n'y a pas liberté ; et dire que tout le monde est souverain, c'est comme si l'on disait qu'il n'y a plus que servitude pour tout le monde.

L'idéal qui paraît devoir être réalisé par les hommes, est une société d'où l'on aura enlevé les maîtres, mais où l'on aura conservé tous les sujets. Personne ne commandera ; mais chacun obéira. Nos médecins auront trouvé le moyen sûr d'en finir avec la maladie ; ils auront tué le malade.

Tous les renards auront la queue coupée, et ce sera l'égalité.

Voici à peu près comme j'entrevois, à vue de nez, la marche de ce bon genre humain.

D'abord plus de révolutions. Vous comprenez bien qu'avec les nouveaux armements et les immenses armées, les révolutions ne sont plus possibles. Ajoutez l'amollissement des âmes et des corps, et vous sentirez que le renoncement à toute barricade s'impose.

Naturellement les impôts continueront à augmenter, en raison de l'augmentation incessante des dépenses d'Etat. Il faut bien que les nations payent les verges pour les fouetter. Elles paieront, quoi qu'on leur demande ; car la veulerie, ci-dessus désignée, leur fera préférer toutes les confiscations à un soulèvement quelconque.

Refuser le paiement de l'impôt se pourrait pourtant faire sans effusion de sang. Il suffirait d'imiter mon ami Gambon. Vous me direz qu'on lui saisit sa vache. Or, on fut obligé de la mener trois fois à la foire, avant qu'elle ne trouvât acheteur. Supposez non plus un citoyen tout seul, mais une ligue de contribuables s'entendant pour se laisser saisir, sans possibilité de vendre ce qui aurait été saisi. Voyez-vous le gouvernement à la tête de mobiliers à n'en plus finir, et n'en pouvant pas faire un sou ? Mais vous ne verrez pas cela. Il y faudrait encore trop de résolution.

Ce que vous verrez, c'est l'Etat, toujours à court d'argent, obligé d'en demander toujours plus, toujours plus, puisqu'il est obligé d'en donner toujours plus, toujours plus. Et, l'un étant la conséquence de l'autre, cela s'accroîtra comme les culbutes, dans des proportions dont peut seule donner une idée la mesure de la vitesse, de la pesanteur, et du carré des distances, lorsqu'un chrétien tombe d'une tour. Plus l'Etat vide nos poches, plus nous avons besoin qu'il les remplisse ; et plus il nous donne, plus il faut qu'il nous prenne. Cela est mathématique.

Il viendra un moment, où il nous prendra tant, qu'il ne pourra plus rien nous prendre. Ce jour-là le collectivisme sera fondé.

Car, de même que, lorsqu'un produit est imposé au-delà de sa valeur, il est raisonnable, il est même indispensable que l'Etat en devienne l'unique vendeur, de même, lorsque nous serons imposés au-delà de nos forces, il conviendra que l'Etat devienne l'unique possesseur. Ce sera à lui de nous nourrir, de nous entretenir, et de nous faire travailler. Tel que le grand magasin, absorbant le petit commerce, et où les anciens patrons se font employés, l'Etat sera une immense ruche, où chaque abeille sera casée, et fournira son labeur quotidien. Nous nous dirigeons là aussi sûrement qu'il est possible ; et chaque pas que nous faisons nous rapproche de ce but.

Le cycle alors sera terminé ; et nous serons revenus, sans nous en douter, aux sociétés primitives. Car, la terre étant ronde, tout y est rond. Un homme parti de Paris, et marchant toujours droit devant lui, aboutit à Paris. C'est ce que nous appelons le progrès. L'humanité marche en avant pendant des siècles, et se retrouve au point de départ. Alors elle dit : « Je suis arrivée. » Plus elle regarde autour d'elle, et s'aperçoit que tout est à recommencer.

Dans une des dernières périodes électorales, j'avais pour concurrent un grand monsieur. Ce grand monsieur, qui était président ou secrétaire de plus de soixante-quinze sociétés humanitaires, et qui s'en vantait, réalisait admirablement le type du Joseph Prudhomme d'Henri Monnier. Il croyait que c'était arrivé, ou que cela arriverait. Il faisait de grands discours, en allongeant de grands bras. La grandeur de son geste équivalait à la grandeur de sa sottise. Je n'ai pas besoin d'ajouter qu'il faisait partie de l'Institut.

Le reproche qu'il m'adressait le plus volontiers était de ne croire à rien. Cela le scandalisait fort, lui qui croyait à tout, même à son intelligence. Les romans de Dickens sont pleins de ces sortes de gens, qui se consacrent à des œuvres morales, et passent leur vie en d'inutiles paperasses, sous prétexte d'amélioration de ceci ou de cela. Ce sont les mouches du coche social. La mienne ne cessait de bourdonner.

Ce vertueux, qui était d'ailleurs opulent (rien n'est plus favorable à la vertu que de bonnes rentes), s'indignait de mon dédain pour les phrases, que celles-ci fussent prononcées au sein d'une assemblée, ou au milieu d'une réunion publique. La phrase ! Mais il n'y avait que cela pour lui ! La phrase, c'était le talisman sacré, grâce auquel l'humanité devait un jour devenir parfaitement heureuse. Et l'on voyait combien mon homme se complaisait à répandre la phrase. Comme je la connaissais, cette éloquence apprise en vingt-huit leçons, ainsi que l'écriture en ronde ou en bâtarde !

Chacun sait qu'aujourd'hui le vrai moyen de se distinguer est de ne pas être décoré de la Légion d'honneur. Il y en a un autre, c'est de ne pas parler. Dans une époque où tout le monde se mêle de pérorer, et où, ma foi, la plupart s'en acquittent à merveille, il m'a paru tout à fait élégant de ne savoir rien dire. Cela vous sépare de la foule ; cela vous fait une situation à part. Lorsque cinquante individus, d'ailleurs assez médiocres, ont charmé et intéressé un auditoire, j'éprouve un secret contentement à penser : « Jamais je ne pourrais en faire autant ; je suis trop bête. »

Mon grand Monsieur ne voulait pas que je fusse bête. Il se fâchait tout rouge. Il flétrissait ma négligence. Ah ! s'il avait été à la Chambre, lui ! Quels flots de phrases il eût déversés sur l'auditoire, à propos de tout, inépuisable arrosoir !

« Croyez-vous, mes amis, disais-je simplement aux électeurs, que vous en eussiez été beaucoup plus avancés, et que, sous cette pluie bienfaisante, vos choux eussent poussé plus serrés ? Il y eut eu beaucoup plus de temps perdu, voilà tout. Si tous les députés s'avisaient de vouloir pérorer, on mettrait quatorze ans à ne pas faire ce qu'on ne fait pas en quatre. Vous me direz que le temps ne fait rien à l'affaire, surtout lorsque l'affaire ne se fait pas. J'en suis d'avis ; et voudrais beaucoup avoir le talent de ces messieurs, qui égrènent des mots les uns au bout des autres durant des heures, sans en paraître plus fatigués. J'ai essayé, je ne peux pas ; je suis trop bête. »

Mais mon grand Monsieur ne l'entendait pas ainsi.

« N'en croyez rien ! mugissait-il. Il n'est presque pas plus bête que moi. Il pourrait tout comme un autre y aller de sa harangue. Votre curé prêche bien, et cependant ce n'est pas l'ignorance qui lui manque. C'est vous dire que tout le monde peut parler. Mais non ; Monsieur ne veut pas ; cela ennuie Monsieur ; Monsieur reste à son banc. C'est même pour cela qu'il n'est pas ministre. Dédaigner un portefeuille, quelle prétention ! Mais voilà, Monsieur n'est pas désintéressé. Monsieur ne pense qu'à lui ; c'est Monsieur je m'en fiche. »

Et, dans le particulier, il me disait :

« Qu'est-ce que vous voudriez qu'on fît dans un parlement, si l'on n'y parlait pas ? »

— « Je ne sais pas, moi. On pourrait jouer au bézigue, ou au Trou-Madame. »

— « Comment un homme sérieux peut-il s'exprimer de la sorte ? »

— « Mais je ne suis pas sérieux. Je me garderai bien de l'être. Depuis que j'ai vu toutes les bêtises que font les gens sérieux, et tous les crimes que commettent les gens vertueux, j'ai pris en grippe le sérieux, tout comme la vertu. Voulez-vous que je vous dise ? Eh bien, j'ai plus de sympathie et d'estime pour ce bon pochard, qui titube à quatre pas de nous, que pour tous les législateurs et pour tous les moralistes qui ont vécu depuis le commencement du monde afin de l'embêter. »

— « Quel bien fait ce pochard ? »

— « Aucun ; mais il ne fait pas de mal, et tout est là. C'est ce qui le distingue des législateurs et des moralistes. Tout ce que je demande aux hommes, c'est de ne pas me faire de mal, et, s'ils y consentent, je suis content. »

— « Pourquoi diable consentez-vous à être député ? »

— « Parce que cela fait toujours un homme sérieux de moins. Si nous pouvions un jour être la majorité, quelle joie ! Nous renverserions la marmite, créerions l'abbaye de Thélème, et inscririons enfin sur l'édifice le seul aphorisme que nous reconnaissions pour loi : « Fais ce que voudras. »

— « Mais c'est l'anarchie ? »

— « Je te crois, mon ange. »

XX

LA-BAS, là-bas, tout au bout de la terre, à côté de l'Odéon, surgit le Luxembourg. Ce palais, où Marie de Médicis montrait au maréchal d'Ancre tous les secrets du gouvernement, a successivement abrité tous les sénats. C'est un endroit calme et charmant. On y trouve des fleurs, des tableaux. Les petites filles sautent à la corde dans les jardins. La buvette est hospitalière. Par une bizarrerie, qui n'étonnera que ceux qui ne sont pas accoutumés à l'ironie des choses, la Chambre des jeunes est au rez-de-chaussée, et la chambre des gens âgés au sixième étage. On n'y arrive qu'après avoir gravi un interminable escalier.

Les conseils d'anciens, qu'ils se soient appelés sénats ou chambre des pairs, ont toujours eu le don d'égayer les caricaturistes. On s'est plu à les représenter comme des collections de vieilles momies, de bonshommes catarrheux, siégeant en robe de chambre, et s'attardant aux laits de poule. Ils passent généralement pour chauves.

C'est ainsi que, sous l'Empire, lorsque Napoléon III décida que les séances de son Sénat seraient publiques, Chavette proposa d'utiliser les crânes des sénateurs, en y mettant des annonces. Les spectateurs des tribunes auraient au moins de quoi s'occuper, et le commerce y trouverait son intérêt.

Le Sénat actuel ne prête plus à ces gaudrioles. Bien que son existence n'ait pas le sens commun, et que son mode de nomination soit des plus fantaisistes, il s'est montré en diverses occasions tellement plus intelligent que la Chambre, que, si l'on se décidait à supprimer une assemblée, on se demanderait si ce n'est pas lui qu'il faudrait garder. C'est qu'en réalité il est le produit d'un suffrage universel à deux degrés, et aussi d'un scrutin de liste, deux conditions qui à elles seules expliquent sa supériorité politique.

Il a grandi en autorité par son existence même, les députés ayant pris l'habitude de voter toutes sortes de bêtises pour plaire à leurs électeurs, en se disant *in petto* : « Le Sénat remettra toutes choses au point. » Plusieurs en concluent la nécessité d'un Sénat. Moi, pas. J'en conclus tout simplement la nécessité d'une meilleure Chambre.

La Chambre se comporte ainsi comme le ferait un tribunal de première instance, qui dirait : « Qu'est-ce que cela fait que je rende un mauvais jugement ? Il sera réformé par la Cour. » Il serait, à mon sens, beaucoup plus simple que le jugement fût bon tout d'abord.

Les séances du Sénat sont peu courues. Jamais on ne fera croire au public qu'elles puissent être intéressantes. Le Sénat a beau s'intituler chambre haute, le pays n'en fait aucun cas. Quoi qu'il fasse, la vie politique reste concentrée au Palais-Bourbon. Sur ce point, les mœurs ne changeront pas ; et pas plus qu'autrefois, il ne viendrait à l'idée d'un mouvement populaire de se porter vers la rue de Tournon.

Aussi, sans les neuf ans de durée, ce mandat serait beaucoup moins recherché que l'autre.

Le Sénat a été longtemps considéré comme la citadelle de la réaction. Il avait d'ailleurs été créé dans cet unique but. Gambetta l'avait appelé le Grand Conseil des Communes de France ; mais cette appellation avait fait sourire. Cependant, comme les événements se jouent des plans humains, il s'est trouvé qu'à l'encontre de toutes les prévisions, le Sénat est devenu le plus solide appui de la République.

Il semble, dans l'avenir, comme il l'a fait dans le passé, devoir opposer à toutes les tentatives et à toutes les folies cette énergie passive, qui souvent suffit au salut. Il rassurait jadis les royalistes ; il rassure aujourd'hui les républicains.

Ce besoin d'être rassuré ne prouve pas précisément qu'on soit tranquille.

Et pourtant, s'il est un fait qu'on puisse affirmer, sans crainte d'être démenti, c'est la vanité et le ridicule des rêves de restauration monarchique. Les anciennes familles régnantes ne seraient pas représentées par les grotesques poussahs que tout le monde connaît, qu'il n'y aurait encore pour elles aucune chance de rétablir leur trône.

Le seul danger qu'a à courir la République est dans son armée ; c'est le coup de force militaire. Heureusement nous n'avons pas eu de grande guerre, et nul chef ne s'est fait un nom, qui lui permette de devenir César. Boulanger n'en a pas moins fait courir un instant des risques sérieux, et c'était bien ce qu'il y avait de plus dangereux pour son cas. Car, s'il se fût emparé du pouvoir, il n'eût pu se maintenir qu'en s'auréolant du prestige des victoires ; et sans doute il nous eût précipités dans les pires catastrophes.

Je ne parle que pour mémoire de l'attentat Déroulède, si puéril que l'Europe n'a pas encore fini de rire en y songeant, et qui a laissé derrière lui cette secte dite du nationalisme, dont l'unique programme était de mettre les juifs à la porte, en les remplaçant par les jésuites, comme leurs adversaires, qui se croyaient radicaux, n'avaient d'autre but que de mettre les jésuites à la porte, pour les remplacer par des juifs.

L'insécurité au demeurant vient de là. Comment ne pas trembler devant un danger sérieux, qui pourrait naître, lorsqu'on voit tant de gens s'abandonner aux courants les plus inattendus ?

La ville qui criait : Vive la Commune ! est la même qui cria : Vive l'armée ! Les assassinés, qui en mourant espéraient la revanche, eurent des fils qui s'agenouillèrent devant les assassins de leurs pères. Ceux qui ont survécu aux horreurs des conseils de guerre sont les meilleurs soutiens de l'ordre.

Ces choses dénotent que nous sommes à la merci d'un hasard.

C'est que ce n'est pas tout qu'être en république ; il faut encore savoir ce que c'est, autrement dit être républicain. Or les Français, qui se croient républicains, ne le sont pas plus que ma pantoufle. Un peuple, qui se chamarre de croix, qui compte autant de fonctionnaires que de citoyens, et qui se roule aux pieds du premier czar qui passe, n'est républicain que d'apparence. Il est toujours à craindre qu'il ne retourne à son vomissement.

Grâce à une fréquente ironie du destin, toujours prêt à se jouer des projets humains, le Sénat, qui avait été créé pour servir de forteresse à la monarchie, est devenu le boulevard de la République. Tandis que, semblable à une petite folle, la Chambre des Députés s'amuse à des cabrioles, saute d'un pied sur l'autre, et montre son derrière, le Sénat a cette grande force de ne point rechercher de gloriole, et de ne pas s'occuper à jeter de la poudre aux yeux, en se donnant l'air de travailler. Il ne fait rien ; mais il résiste puissamment à ceux qui font des sottises. Il ne faudrait qu'une seule Chambre, soit ; mais, des deux qui existent aujourd'hui, il semble, je le répète, que celle qui serait à conserver, c'est le Sénat.

Plus lentement d'ailleurs, mais aussi sûrement que la Chambre, le Sénat s'amoindrit intellectuellement. On peut calculer, à quelques années près, quel laps de temps il faudra encore pour que le Parlement soit composé de nullités les plus incontestées. Nul ne pourra plus faire partie des Chambres, s'il est doué d'une intelligence au-dessus de la moyenne, et s'il a reçu une instruction tant soit peu supérieure. J'ai entendu dire par quelqu'un qui s'y connaissait, que rien ne nuit comme les hommes de valeur à la marche des affaires. Nous sommes donc en droit d'espérer qu'elles ne tarderont pas à marcher admirablement.

Le Sénat, ainsi qu'on sait, possède, en vertu de la constitution, les mêmes attributions que la Chambre. J'ai déjà fait remarquer plus haut combien cette situation est ridicule. Supposez deux arbitres chargés de juger une cause, et, en cas d'avis différent, personne pour les départager. Il y a bien la dissolution : mais il faut que le Président de la République y consente. Le remède d'ailleurs est inutile, si le pays renvoie la même Chambre. Sans compter que, l'une des deux assemblées se refusant à voter le budget, la machine devra s'arrêter, faute d'argent.

Je sais bien qu'on trouvera tout de même moyen de toucher des contributions ; car le troupeau de moutons, qui s'appellent des Français, marchera toujours à la tonte, sans demander d'explications. Je sais bien aussi que le cas du refus du budget ne se présentera probablement jamais. Il y faudrait plus d'énergie qu'il n'est coutume d'en trouver en cette époque d'avachissement, où l'on ne saurait exiger des élus plus de courage que n'en ont les électeurs.

Il y a quelques années, une occasion s'était offerte de consulter la France, et d'arriver à la revision forcée de la Constitution. C'était sous le ministère Bourgeois. Le Sénat, qui avait raison d'en vouloir à un sot, du nom de Ricard, que Bourgeois, avec son peu de flair, avait fourré à la justice, refusait de voter certains crédits indispensables pour l'expédition de Madagascar. Le Sénat, en un mot, voulait renverser le ministère.

C'était le moment, ou jamais, de ne pas permettre au Sénat d'usurper cette prérogative de la Chambre. Il eût suffi à Bourgeois de ne pas se retirer. Le conflit se fût déclaré. La dissolution fût devenue indispensable ; et, comme, sans aucun doute, le pays, épris des réformes qu'on lui promettait, surtout de la réforme fiscale, eût donné raison à la Chambre, la revision constitutionnelle s'en suivait nécessairement. On ne l'obtiendra même que par ce moyen, si on l'obtient jamais.

Grâce à un sot, la République eût pu être fondée. Ne sont-ce pas toujours les oies, qui ont sauvé les Capitoles ?

C'était trop demander à Bourgeois, belle intelligence et caractère faible. Il céda, démissionna. La responsabilité d'une résistance lui parut trop lourde. En cela, il se montra aussi peu homme d'Etat que possible.

Ce fut le triomphe du Sénat, qui, depuis ce moment, a tenu en mains les destinées de la République.

****

Tout cela ne ressemble pas mal à un huilier, dont les deux burettes (Chambre et Sénat) sont dominées par un manche en bois, qui est la Présidence.

C'est très commode pour faire une vinaigrette.

XXI

J'ai sous les yeux un projet de revision de la Constitution de M. Jules Roche.

M. Jules Roche est des plus remarquables esprits de notre époque. Il n'a qu'un défaut, et ce défaut, je vais prendre une circonlocution pour le désigner.

Je possédais jadis, avant qu'un de mes bons amis me l'eût volé, un livre assez curieux, qui était intitulé : *le Dictionnaire des girouettes*. Ce dictionnaire, qui datait, je crois, du règne de Louis-Philippe, renfermait les noms et les biographies de tous les hommes politiques du temps, qui avaient changé d'opinion. Une petite girouette précédait chacun d'eux. Eh bien, si un volume analogue paraissait maintenant, j'en demande pardon à mon ami Jules Roche, mais il est bien certain qu'il y occuperait une bonne place. Ce n'est pas à dire qu'il faille suspecter sa sincérité ; il y a de fort honnêtes girouettes, et je serais d'autant plus mal venu à le contrarier, que, sur beaucoup de points, il est arrivé à partager ma manière de voir.

C'est ainsi que son projet, selon moi fort insuffisant, renferme des considérations, que je signerai des deux mains.

« Le citoyen de la troisième République française », écrit-il, « appartient tout entier au plus pur arbitraire ; sa liberté, son domicile, ses biens sont exposés à toute heure à des mesures de violence administrative contre lesquelles il ne peut trouver ni secours ni juges, et plus exposés encore aux entreprises de lois nouvelles, qui érigeraient en dogmes légaux les pires attentats aux droits individuels, proclamés inaliénables et imprescriptibles en 1789 ».

Le remède, proposé déjà par un autre député, M. Charles Benoist, est l'établissement d'une cour suprême, chargée de statuer sur les réclamations des citoyens pour violation de leurs droits constitutionnels par le pouvoir législatif ou par le pouvoir exécutif.

M. Charles Benoist, dans un volume intéressant, intitulé : *La réforme parlementaire*, nous indique ce que serait cette cour suprême, fonctionnant comme la cour suprême américaine, laquelle a le dépôt des droits et des libertés, est comptable des garanties constitutionnelles, et juge les lois mêmes en les comparant, en les confrontant, en les conformant à la Constitution.

Je ns verrais, pour ma part, qu'un grand avantage et une grande utilité à avoir un grand corps, gardien de la constitution, ainsi que des libertés publiques et privées, si nous avions une constitution, ou si, dans ce qui nous en tient lieu, il y avait la proclamation d'un droit ou d'une liberté quelconques. Mais il n'y a rien du tout.

Avant de donner sa fille à garder, il est nécessaire d'avoir une fille.

Je sais bien que nous avons la déclaration des droits de l'homme ; mais, outre qu'elle ne fait pas partie de notre Constitution, les termes en sont aussi vagues que, dans un esprit opposé, le sont ceux du Syllabus, en sorte que ce sont matières à ergoter, bien plus que commandements clairs et nets.

En Amérique, il en va tout autrement.

L'institution d'une cour suprême, dont l'excellente mission serait de sauvegarder les libertés fondamentales, et de faire considérer comme nulle toute loi qui leur porterait atteinte, exige préalablement l'insertion et la définition de ces libertés dans la Constitution du pays. Nous sommes donc dans ce qu'on appelle une pétition de principes.

Il est un autre pays, où, bien qu'il n'y ait pas de cour suprême, et bien que les pouvoirs du parlement soient encore plus illimités que chez nous, et bien qu'aucune Constitution n'y proclame les libertés, ces libertés n'en sont pas moins invincibles. Ce pays, c'est l'Angleterre.

Tant il est vrai qu'il vaut mieux avoir de bonnes mœurs que de bonnes lois, et que de bonnes constitutions.

Le peuple français est généralement si ignorant de la liberté, que, s'il y avait une cour suprême pour garder cette dernière, je ne suis pas très sûr qu'il la tolérât. Supposez que ses députés votassent une loi attentatoire à la liberté, et que la cour suprême, la jugeant contraire aux droits de l'homme, en empêchât l'exécution ; vous verriez se soulever l'opinion, et peut-être les pavés contre ces magistrats, coupables de maintenir des hommes libres.

Le Français est semblable à la femme de Sganarelle. Il y a des jours où il lui plaît d'être battu ; et malheur à l'intrus qui prétend le sauver des coups !

*
* *

La liberté, pour le Français, c'est de supprimer celles qui lui déplaisent. Et lui déplaisent toutes celles qui contrarient sa façon de penser et de voir du moment.

Le soldat romain, qui, après la mort de César,

s'écrie : « Brutus a tué César, faisons-le César ! » est son image exacte. Ses révolutions ne sont que des représailles. Vainqueur, il se soucie beaucoup moins de sa liberté que de la servitude du vaincu. On l'a forcé à aller à la messe pendant des siècles ; maintenant qu'il ne croit plus, il veut forcer ceux qui croient encore à n'y point aller. Tous ses raisonnements sont des raisonnements de despote.

C'est moi qui suis le maître à présent. Il ne voit pas autre chose. C'était hier un bon point pour un homme de pratiquer un culte ; c'est aujourd'hui un bon point pour ce même homme de n'en pas pratiquer. Et l'idée ne lui viendra jamais que cela est indifférent, et qu'il ne faut pas de point du tout.

C'est le pays où l'on a pu me dire, en toute sincérité : « Vous parlez toujours de liberté; vous n'êtes donc plus républicain ? »

Les cléricaux avaient inventé la liberté du bien. Nous ne leur cédons en rien ; car, nous aussi, nous ne voulons que la liberté du bien ; seulement notre bien n'est pas le même.

Le raisonnement n'a d'ailleurs pas varié. Autrefois j'entendais dire aux catholiques, aux monarchistes, aux impérialistes : « Mais, Monsieur, est-ce que vous vous plaignez qu'un tombereau vienne enlever les ordures, qui se prélassent sur la voie publique ? C'est de l'hygiène, c'est de la salubrité. N'avons-nous pas également le devoir d'enlever les ordures morales ? » Aujourd'hui j'entends dire aux républicains et aux libres-penseurs : « Mais, Monsieur, est-ce que vous vous plaignez qu'un tombereau vienne enlever les ordures, qui se prélassent sur la voie publique ? C'est de l'hygiène, c'est de la salubrité. N'avons-nous pas également le devoir d'enlever les ordures morales ? »

Toute la différence, c'est que les ordures d'hier sont aujourd'hui nourritures célestes et parfums délectables, et que les anciens parfums et nourritures sont devenus à leur tour des ordures. A chacun sent bon sa m...., disait déjà dans son temps le bonhomme Rabelais.

Chacun se croit en possession de la vérité ; et, comme c'est la vérité, elle s'impose, et doit s'imposer. L'Evangile avait bien raison de dire : « Heureux les pauvres d'esprit ! » Seulement il avait tort d'ajouter : « Car le royaume des cieux est à eux. » C'est bel et bien le royaume de la terre. J'admire tous ces cerveaux impuissants, toutes ces têtes vides, toutes ces ignorances savantes, tous ces hommes pleins d'eux-mêmes, qui s'en vont, ridiculement glorieux sous les étoiles, et affirment que, lorsqu'ils ont parlé, le monde n'a plus qu'à se taire. Je les admire, et je les envie. Ils doivent être en effet tous bien heureux de s'imaginer qu'ils portent en eux la lumière ; et si grande est leur suffisance que, bien qu'en ayant vu d'autres s'éteindre, ils sont convaincus que la leur éternellement brillera.

C'est évidemment un grand bonheur pour eux d'être bêtes. Ce qui est à déplorer, c'est qu'ils font des malheureux. Comme il ferait meilleur vivre dans une société de sceptiques ! Quel bon oreiller que le doute, ô Montaigne, surtout lorsqu'on a quelqu'un à coucher avec soi ! Fanatiques de religion, fanatiques de science, esprits étroits de toute nature, combien vous êtes haïssables et mauvais ! Vous tous, qui voulez faire le bonheur de l'humanité, et qui pour cela la torturez, ne sauriez-vous vous contenter d'être ineptes ?

La félicité ne viendra jamais à l'humanité de ceux qui la voudront fonder ; elle lui viendra de ceux qui consentiront à lui ficher la paix. Je n'ai, pour ma part, jamais demandé à mes frères qu'ils me fussent utiles en quoi que ce soit ; trop heureux, s'ils avaient consenti à me laisser tranquille. Ne demandez jamais qu'on vous fasse du bien ; tenez-vous pour bénis par le sort, si l'on ne vous fait pas de mal. Toutes les fois qu'un homme s'occupe d'un autre, il n'en résulte rien de bon. Et j'en suis arrivé à regarder le véritable égoïste comme le moins malfaisant des êtres.

Mais quoi ? Toujours on voudra me protéger, me diriger, me moraliser, m'apprendre la science du bien et du mal, m'entourer de sollicitudes, soigner mon corps et ma raison, m'accompagner en un mot de la naissance à la mort, sans une minute de trêve, sans cesse conseillant, administrant, défendant, rassurant, conduisant, en sorte qu'emmaillotté au berceau j'arrive au suaire de la tombe sans avoir cessé un instant d'être ligotté, et sans avoir su marcher tout seul.

Je me rattraperai peut-être au paradis, s'il y en a un ; mais, en attendant, il est bien pénible de faire partie de ce troupeau humain, qui n'a même pas, dans sa marche tracée, l'excuse de savoir où il va.

Une nation ressemble à un vaste filet, dont les mailles s'appellent des lois. Les poissons voudraient bien s'évader dans l'immense étendue ; impossible. Il faut qu'ils frétillent là-dedans jusqu'à la mort.

Les poissons ont cette supériorité sur les humains, qu'au moins ce ne sont pas eux qui fabriquent le filet.

Les poissons ne comptent pas parmi eux l'imbécile solennel, qui proclame du haut de son faux-col que la vraie liberté consiste à se soumettre aux lois. En sorte que plus l'homme est soumis, plus il est libre.

Récemment de nouveaux savants, détruisant la théorie de ceux qui les ont précédés, ont essayés de

prouver qu'il était impossible que les autres planè-
tes fussent habitées. Ce n'est, ont-ils dit, que par un
pur hasard, qui ne saurait se renouveler, que la vie
a pu se constituer.

Il va sans dire que ces savants n'en savent rien.
Cependant leur système n'est pas sans quelque vrai-
semblance. La vie est tellement absurde, qu'on se
plaît à penser qu'elle est une exception du néant, et
nos bruits un coassement bizarre de grenouilles
attardées dans l'éternel silence.

CONCLUSION

A l'heure où je termine ces notes, notre régime parlementaire atteint sa trente-cinquième année d'existence.

C'est de quoi ses partisans semblent très fiers. Ils comparent volontiers la durée de cette constitution à la durée de celles qui l'ont précédée. Ils en tirent avantage.

Il est certain que les autres constitutions sont loin d'avoir eu la longévité de celle-ci. Il y en a même une qui n'a pas vécu du tout, et c'est la meilleure, la constitution de 1793. Ce qui prouve que le nombre des années ne démontre pas plus la valeur des institutions que celle des hommes.

S'il fallait employer ce critérium, nous devrions conclure que le système des Pharaons d'Egypte fut incontestablement le meilleur, car il a persisté durant des siècles.

Tout ce qu'on peut dire en faveur de notre constitution, c'est qu'elle est en rapport avec notre avachissement. Elle sied admirablement à un peuple qui prétend se donner l'illusion du mouvement, sans pour cela bouger de place.

Tel est en effet notre caractère enfantin, toujours prêt à se contenter de mots. Singulier mélange de routine et d'aspirations, le Français n'est jamais plus heureux que lorsqu'il joue au soldat sans faire la guerre, lorsqu'il chante la liberté en s'assujettissant à toutes les entraves, lorsqu'il prétend socialiser tous les moyens de production et de consommation, sans cesser d'être personnellement un bon petit propriétaire.

Nos socialistes ressemblent à nos libéraux ; ils seraient désolés, si on les prenait au mot, et si l'on s'avisait d'appliquer leurs théories. Il en serait de même des anticléricaux les plus farouches, qui ont tort de manger tant de curés, car, le jour où il n'y en aurait plus, ils ne sauraient quoi se mettre sous la dent.

Vous me direz sans doute qu'au demeurant ce sont là légers défauts, qu'il faut pardonner à la jeunesse; et qu'en fin de compte, si nous ne bougeons point, c'est que nous ne nous trouvons pas si mal où nous sommes.

J'en conviens, n'étant point de ceux qui rêvent une perfection irréalisable, et heureusement irréalisable, car il n'y aurait rien de plus embêtant, si l'on parvenait jamais à la réaliser.

Ce dont j'enrage, c'est que nous perdions notre temps à des sottises, et que nous fassions des efforts, d'ailleurs couronnés de succès, dans l'unique but de nous rendre la vie la plus désagréable possible.

Nous mettons notre gloire à empêcher un capucin de prêcher ; j'aimerais mieux qu'on empêchât un juge de me faire perdre mon procès, ou un avoué de me filouter. Nous dépensons un argent fou pour entretenir un tas de paperassiers, qui ne servent qu'à embrouiller les affaires les plus simples ; j'aimerais mieux qu'on diminuât mes impôts. Nous rêvons des transformations sociales tellement complètes, que nous les reconnaissons nous-mêmes impossibles avant plusieurs siècles, ce qui nous dispense d'améliorer quoi que ce soit de notre vivant. En attendant qu'on me fournisse des souliers neufs, je ne serais pas fâché qu'on me ressemelât ceux que je suis obligé d'avoir aux pieds.

Comme il ne fait rien de tout cela, le régime ne me satisfait pas. La constitution actuelle a vécu trente ans, soit. Nous lui devons beaucoup de phrases, beaucoup de discours, beaucoup de ministères ; mais nous n'aurions rien eu de tout cela, que nous serions exactement au même point. Tout ce qui nous gênait en 1871 nous gêne encore tout autant. Nous avons eu des ministres cléricaux, réactionnaires, modérés, radicaux, socialistes ; toutes les nuances ont passé dans le kaléidoscope politique, l'image est restée la même. La voulons-nous telle ? Nous sommes alors bien sots de nous donner tant de mal. La voulons-nous autre ? Convenons que nous nous sommes trompés de méthode.

Si les hommes avaient pour deux liards de sens commun, il y a longtemps qu'ils se seraient aperçus que le meilleur des gouvernements est celui sous lequel ils sont le plus heureux. Le jour où ils se seraient convaincus de cette vérité de La Palice, ils auraient vite fait de se rédiger une constitution. Malheureusement le sentiment de leur bien-être personnel est dominé par le désir du mal-être du prochain. C'est pourquoi l'homme a inventé les lois, dont l'esprit, quoi qu'en ait pu dire Montesquieu, n'est qu'un esprit de défiance et de haine.

Il n'y a pas de bonne loi, par cette raison qu'il n'y a pas de bonne méchanceté. L'existence seule des lois prouve la gredinerie de l'espèce humaine. Les lois sont à la justice ce que les patentes sont au commerce ; elles consacrent l'iniquité, en la réglementant sous le nom de droit.

Le jour où l'humanité serait vraiment ce qu'elle prétend devenir, elle n'aurait plus besoin de lois. Car, de quelque façon que l'on considère celles-ci, elles témoignent contre nous. Ou elles sont mauvaises en elles-mêmes, ou elles sont nécessaires, parce que nous sommes mauvais. Leur augmentation n'est donc pas un signe de progrès, mais une marque de décadence.

Je ne suis pas du tout certain que nous marchions vers une ère de félicité. Si j'en crois ce que j'ai vu depuis que je suis au monde, et que pourrais-je croire sinon cela ? j'entrevois pour nos neveux un avenir infiniment moins couleur de rose que ne se plaisent à l'imaginer les optimistes, dont l'unique excuse est de n'avoir pas mal à l'estomac.

Je vois les lois enserrant de plus en plus les pâles humains, comme des mouches prises dans une toile d'araignée, de plus en plus compacte et de plus en plus noire. Je vois la liberté individuelle, qui est l'unique liberté, de plus en plus sacrifiée à ce qu'on a appelé les libertés publiques, c'est-à-dire le despotisme des lois. J'assiste à l'éclosion de je ne sais combien de grandes sociétés chinoises, où tout sera concours, examens, réglementation, et où, sous prétexte de solidarité, régnera un enchaînement universel. On pourra peut-être encore danser en rond, mais à condition de se tenir les mains, et de ne pas sortir du rond. Ce sera le bel ordre, la belle hygiène, la belle mathématique, et l'incommensurable ennui.

Tout sera ficelé comme un jambon, et droit comme la rue de Rivoli. Tout sera nivelé ; et l'homme goûtera les joies exquises non moins qu'imprévues de l'alignement. Ne voyez-vous pas qu'on prépare les cités pour cet Eldorado ? Alors l'égalité sera réalisée sur la terre, l'égalité dans le laid, le médiocre et le convenu. Et tout le monde pourra vivre à son aise, dans la même absence de vice et de vertu, loin des illusions et des chimères, avantageusement remplacées par les mécaniques et les usines.

Il n'y aura que les hommes supérieurs, qui, horripilés sans doute par ce bonheur, préféreront aller se noyer.

C'est ce que je leur souhaite, de tout mon cœur.

POST-FACE

Ce livre étant écrit et terminé depuis longtemps, comme beaucoup d'autres ouvrages, que je laisse volontiers vieillir en cave, où ils sont loin de s'améliorer, me semble aujourd'hui où j'ai l'idée bizarre de le publier, avoir perdu beaucoup de son actualité.

Comme je ne me sens pas le courage de le recommencer, au moins, dois-je le compléter par un historique rapide des événements de ces dernières années, qui d'ailleurs se sont empressés d'être conformes à mes prévisions, ainsi qu'ils le devaient, mes prophéties ne pouvant souffrir de démentis.

*
* *

Ces événements, cependant, ont dépassé mes prévisions, et notre décadence qui n'allait qu'au trot, va maintenant au triple galop. Nous continuons, bien entendu, à l'appeler progrès, et plus nous nous rapprochons du trou, plus nous sommes convaincus que nous gravissons des hauteurs.

C'est l'affaire Dreyfus qui a précipité le mouvement. Cette affaire a été le champ de bataille où se sont rencontrés pour une dernière victoire ou une dernière défaite, les forces presque égales du cléricalisme et de la franc-maçonnerie juive.

Ce fut comme à Waterloo. On put croire d'abord la bataille gagnée par le premier ; puis le vent tourna. La déroute fut complète.

Alors vinrent les représailles. Tous les partis avaient disparu avec les derniers programmes et les dernières idées. Tous s'étaient fondus en deux blocs : les dreyfusards et les antidreyfusards. Le bloc vainqueur écrasa le bloc vaincu.

Ce fut d'abord le ministère Waldeck-Rousseau qui fit la loi sur les associations. Il arrive à Waldeck ce qui arrive aux chefs qui ne connaissent pas les hommes, et qui s'imaginent être assez forts pour fermer les portes qu'ils ont ouvertes, et pour arrêter le flot qui se précipite alors qu'ils croient le moment venu. Le flot n'écouta rien, fit irruption, et emporta tout sur son passage au grand ébahissement de l'éclusier qui montra en cette occasion combien on s'était trompé sur sa valeur.

En choisissant Combes pour son successeur, Waldeck avait compté mettre la main sur un inconnu incapable qui n'aurait ni l'autorité nécessaire pour gouverner, ni le génie qu'il aurait fallu pour tirer la république de l'imbroglio dans lequel lui, Waldeck, l'avait laissée. En un mot, il pensait que Combes ne ferait que des sottises, et qu'on l'appellrait lui, pour les réparer.

Il ne se trompait que de moitié. Combes fit bien en effet des sottises, mais ce que Waldeck n'avait pas prévu, c'est que ces sottises plurent admirablement aux sots. La majorité avait trouvé un homme à son image, un homme dont toute la politique consistait à combattre et à détruire le catholicisme.

On vit bien alors que tout le reste n'était que parade et façade, et que ce qui avait causé toutes nos creurs, c'était l'illusion dans laquelc nous avions été si longtemps, qu'il y avait en France des républicains, des royalistes, des impérialistes, des libéraux, des réactionnaires, des progressistes, etc. En réalité, il n'y a jamais eu que des chrétiens et des athées. La guerre n'est pas politique, mais religieuse.

Prends le plus atroce des tyrans et qu'il abatte les croix, ce sera un excellent républicain. L'empereur Jullien serait tout à fait notre affaire.

Ceci donné, Combes gouverna ainsi qu'il convient de gouverner en France. Je lui rends cette justice qu'il fut franc et marcha droit sur l'ennemi. C'est le seul ministre qui, à ma connaissance, arrivé au pouvoir, n'ait pas changé d'opinion. Il refléta exactement l'esprit étroit qui dominait dans sa majorité composée presque exclusivement de pharmaciens Homais.

De liberté, de droit, il ne fut plus question. On était les maîtres, on tapait. On dispersa les congrégations, tout comme Louis XIV dispersa les protestants. On s'empara de leurs biens, sans s'apercevoir que l'on créait ainsi un précédent terrible contre le principe de propriété. Car si l'on peut confisquer une propriété sous prétexte qu'on n'aime pas les moines, il viendra un jour un parti non moins logique, qui prendra les châteaux.

ACHEVÉ D'IMPRIMER
PAR L'IMPRIMERIE " LUX "
131, BOULEVARD SAINT-MICHEL,
A PARIS, EN OCTOBRE 1920,